古方养生

《红楼梦》中的药膳与中医药知识

沈家祥 著

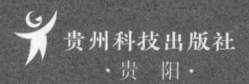

贵州科技出版社
·贵 阳·

图书在版编目（CIP）数据

古方养生：《红楼梦》中的药膳与中医药知识 / 沈家祥著 . -- 贵阳：贵州科技出版社, 2024.10.
ISBN 978-7-5532-1420-7

Ⅰ . R2-49

中国国家版本馆 CIP 数据核字第 2024X6J927 号

古方养生：《红楼梦》中的药膳与中医药知识
GUFANG YANGSHENG:HONGLOUMENG ZHONG DE YAOSHAN YU ZHONGYIYAO ZHISHI

出版发行	贵州科技出版社
地　　址	贵阳市观山湖区会展东路 SOHO 区 A 座（邮政编码：550081）
网　　址	https://www.gzstph.com
出 版 人	王立红
责任编辑	鄢荭钰
装帧设计	末末美书
经　　销	全国各地新华书店
印　　刷	天津旭非印刷有限公司
版　　次	2024 年 10 月第 1 版
印　　次	2024 年 10 月第 1 次
字　　数	200 千字
印　　张	14.5
开　　本	710mm×1000mm　1/16
书　　号	ISBN 978-7-5532-1420-7
定　　价	65.00 元

序一

霍秀全[①]

结识沈家祥先生似乎有点偶然，但一下子就留下了深刻的印象。

他与内子当年是北京医学院（现北京大学医学部）的同窗。若干年前参加他们的一个聚会，席间沈家祥先生欣然为我诊脉。事前我并未向他叙说我的身体哪里有什么不舒服，但他在切脉之后，将我自己感觉到的身体的不适之处以及需要注意的问题都说得一清二楚，头头是道，相当准确到位。这令我十分惊讶，深感他应该是一位非常有经验和阅历且医术高超的医师。

后来逐渐得知，沈家祥先生在青年时期就幸运地结识了北京城里中医界的一些名医，在耳濡目染之间奠定了他日后决心毕生从事中医事业的基础。果然，在大学本科毕业后，班里的同学们大都从事西医，而他则选择了中医。正所谓天道酬勤，他从热爱出发，秉持治病救人的初心，孜孜以求地探索中医自古以来的医方，深究药理，钻研医术，向名师请教，望闻问切的水平逐渐提高，治好了大量的患者，成就了自己的一番事业。并且沈家祥先生在行医过程中，不断地认真总结经验，深入钻研医理，还写出了不少有见地的文章，编集成了若干专著，以便同仁和爱好者们学习参考。

[①] 霍秀全，首都师范大学中文系教授。

特别难能可贵的是，沈家祥先生不但是一位医术精湛的杏林良医，而且他对文学也有着异乎寻常的钟爱。因而在悬壶济世之余，他还写下了不少的诗歌、散文及小说等作品，既陶冶了自己的情操，也寄托了自己的情怀。读者翻开的这本书，是沈家祥先生从医学角度研读《红楼梦》的成果。本书对小说中人物生病时医生开具的药方以及调养身体的药膳，从中医药理的角度，逐一进行释读；并在药理学的分析基础上与小说里的角色在特定情境中的心理逻辑及行为逻辑相联系，从而得出了独到的看法。

从中医学的视角开展对《红楼梦》中人物事件研究的，还真是不多。所以从这个意义上看，沈家祥先生关于《红楼梦》的"中医药释读"，还真是别具一格，别开生面，非常具有启发意义。而我本人作为沈家祥先生这份呕心沥血的研究成果较早的读者之一，还是很荣幸的。

唯愿沈家祥先生的研究能继续深入下去，收获更多的发现与成果。如果这种研究能得到"红学界"的关注和重视，那就更有意义了。

序二

赵世禹[1]

2023年元旦开始拜读沈大夫的大作，受益良多，亦颇有所悟。

沈大夫是医学领域之翘楚，深通中西医学，尤其在中医领域更是有极其丰富的经验。多年以来，经过沈大夫之手救治的患者、挽救的生命数不胜数。医者父母心，沈大夫正是用自己高超的医术拯救着病痛之中的患者，救人性命，去其疾患，其功德何其大也！沈大夫不但医术精湛，而且为人谦和友善，与沈大夫相处总有一种如沐春风之感，有些时候只是和沈大夫聊聊天就会觉得身心愉快而舒缓，可以说他是以中药治病，以温言暖心。

沈大夫是德高望重的名医，文字功底也十分扎实。多年以来他笔耕不辍，写出了很多作品，从医学到史学，从游记到生活，不但有很高的实用价值，而且非常有趣。从沈大夫的作品中，我们看到了一位几十年如一日认真行医、认真救人、认真生活的长者、智者。唯有认真生活的人才能懂得生活的美好，才能真心救他人于水火。唯有凡事孜孜以求的人，才能登上山花烂漫的峰顶。

多年以来，社会各界对《红楼梦》之研究领域极广，内容浩繁，但沈大夫的新作可谓独辟蹊径，而且颇有价值。《红楼梦》中有很多涉及药膳方

---

[1] 赵世禹，律师，文学研究者。

面的记录，要从中抽丝剥茧、去伪存真，总结出对人们有价值的内容，不仅需要很强的国学功底，更要有极高的中医造诣，而难得的是沈大夫刚好兼而有之。本书中涉及各种病症的辨别，他从中总结出具体的表征，然后再根据其表征对症下药，给出具体的药方。不止如此，沈大夫还通过辨证来普及中医常识，更有他自己诊治过的病例来加以讲解和佐证，深入浅出，让我们这些医学门外汉看完之后也能略微了解博大中医之一二，这实在是异常宝贵的收获。

我常以为，能够把复杂的事情简单地讲出来的才是高人。对于完全不懂医学的我来说，每次读沈大夫的著作都能学到一些中医药知识，而且有时候也能前后呼应，形成一点中医学的知识链条。因为沈大夫的著作总是能把复杂的中医药膳之学用简单浅显的方式徐徐道来，这是一位充满智慧的长者为我们讲解天地宇宙与人体脏腑之间微妙玄幽的关系，我们总能从中得到一些知识，获得一些启发。

对《红楼梦》这本传世经典中记载的中医药膳的总结和发掘，不但有现实的积极意义，更有对先贤智慧的传承和发展。这方面更是我们晚辈后生应该追随的。

沈大夫于我，亦师亦长，亦亲亦友，相识多年，获益良多，心中常怀感恩。今受命作序，不胜荣幸，唯愿如此佳作可以广为流传，铸我中华医学长盛之丰碑。

前言 不为良相，便为良医

曹雪芹的《红楼梦》是中国古典小说中思想性和文学艺术性结合得最好的作品，是一部封建社会的百科全书。该书问世以来，俘获了众多"红迷"，甚至涌现出不少"红学家"。在《鲁迅全集》中有多篇鲁迅论《红楼梦》研究的文章；还有陈独秀、刘少奇、周扬、陆定一、蔡元培、胡适、俞平伯、王国维、周汝昌、李希凡、启功、叶圣陶、叶至善、王雪苔、吴世昌、吴恩裕、吴组缃、冯其庸等我所知道的名人，都评论过《红楼梦》这部佳作。

曹雪芹依据自己独一无二的家世、身世，借《红楼梦》主人公贾宝玉为载体，呈现出了宏大而细腻的家族兴衰历程。曹雪芹本人不但是一位伟大的文学艺术家，还是一位造诣很深的医学家。红迷和红学家多从文学、艺术、美学、建筑学、服饰学、社会学等角度去关注、讨论《红楼梦》，有关其医学方面解读的专著鲜有出现，这也是我写下此书的缘由之一。

我初次与《红楼梦》结缘是十二三岁的时候。我第一次读到《红楼梦》，就被书中跌宕起伏、曲折微妙的情节吸引了，崇拜上了作者曹雪芹。得知老先生的故居就在北京西郊的香山脚下，于是我好奇地决定去拜访。那年初春，草长莺飞，迎着和煦的春风，我敲开了曹雪芹故居的门扉，仿佛见到了清瘦矍铄的曹雪芹老人把我迎了进去。搀扶着蹒跚的老人，扫视那简朴破旧的书桌上的纸和笔，简陋的家具，还有小院里那盘石磨、水井旁挂着水桶的辘轳等，给我留下难忘的印象，脑际仿佛萦绕着曹雪芹老人的谆谆教诲：范仲淹说过，不为良相，便为良医。我家世代读书做官，江湖险恶，世事难料，看到了吧，我如此落魄。你还是做个良医吧，济世救人，医者父母心，大医精诚。

天助我也，我果真步入从医之人生路。2022年重阳节，十几年前因找我看病而结识的哈尔滨工业大学的优秀毕业生王智丰、杨朔夫妇，来我家看望我。二人得知我正在写此书，就主动请缨，要将我的手稿打印整理出来，当了本书最初的读者。为表达感谢，我拟请他们两位作为本书主编，但是他们坚定不允，说写个读后感可以，我只得尊重他们的意愿。他们在紧张的工作之余，夜以继日及时将书稿打印出来。在此之前，学生苏杰曾表示要承担这项工作，但当时他正紧锣密鼓编辑《沈家祥文集》，况且其父病重，又有正在上小学的双胞胎孩子需要接送、教育，身上担着重担。而后全书的书稿打印整理完成，那么主编的后续任务只能又落在我这位值得托付、信任的学生苏杰身上了。

《红楼梦》前八十回抄本，已知的有十三种之多，其中己卯本、庚辰本、甲戌本是比较早的。我编著本书时，采用的蓝本是由中国艺术研究院红楼梦研究所以《脂砚斋重评石头记（庚辰〔1760年〕秋月定本）》简称庚辰本）为底本校勘出的《红楼梦》（上、下），人民文学出版社出版（1982年版）。其书标注的是曹雪芹、高鹗著。我从书中引用的内容均注明了章回数、页码数及段落，以备读者查考。

我根据《红楼梦》书中一百二十回内容，编写出本书四十七章内容，其中涉及药膳糕点12种、饮料汤类7种、茶5种、酒8种，涉及中医方剂114个，涉及中药有四五百味。这些都分别在药膳名录、中医药名录中列出，其中，中药方剂名录按方剂第一个字笔画数顺序排列。药膳和中医药名录均标注了该药膳或中医药在本书中的页码，以便读者查找、了解。

我出于对红学的热爱，凭借我从医五十多年的实践，对《红楼梦》一书中有关医学方面的内容进行考证、研究、探讨，以及进行延伸释读。书中所提到的疾病涉及大内科、骨伤皮肤外科、儿科、妇科等。大内科包括呼吸系统疾病中的外感风寒、风热、肺炎、暑温，消化系统疾病中的脾胃虚弱、消食化积，心血管系统疾病中的肝热上逆、心悸怔忡、内热惊风、痰厥，传染病中的肺痨（肺结核）、干血痨（盆腔结核），精神心理疾患中的走火入魔、痰迷心窍、痴呆疯癫等。外科包括跌打损伤、皮肤病等。妇科包括胎、产、经、带四大类。儿科包括儿童生长发育、积食着凉等。

本书强调了三分药七分养的理念，以及寓药于食的药膳对防未病的探讨；讨论了中医的卫气营血辨证、脏腑辨证、三焦辨证、六经辨证、温病的暑温辨证等。

本人从医学实践中将良医的标准总结为九个字：辨证准、用药精、疗效好。辨证准确是关键，以把握防治疾病的方向；用药不在贵，在于准确，以及用药量恰当；疗效好是医患共同追求的目标。本书还对五运六气等古老辨证法进行了探讨，认定并强调了伏羲古易应是中医基本理论的根源，还阐述了意念影响身心健康的理念。

在编著本书的过程中，我有几个体会与思考：

其一，我认为中医药文化的根基是中国农耕文化，在农耕文化的基础上产生了祭祀、节气、天文、神鬼、图腾、阴阳五行八卦等传统文化。药食同源，中医药学逐步积累、发展，并处在核心位置，成为中国传统文化重要组成部分。中医药经典著作占中国传统文化经典著作近三成。医疗保障了人生命的存在，只要人存在，其文化传承的载体就存在，传统文化就会生生不息、不断完善、不断传承发展。中医药文化是打开中国传统文化宝库的钥匙。

其二,"上工治未病",即最好的医者应是防病大于治病。防病是主动的,治病是被动的。"正气存内,邪不可干。"如何保持人的正气,就是如何增强抗病能力,可以不得病、少得病,这就是治未病的研究课题,既复杂又简单。人活着离不开吃喝拉撒,寓药于食的药膳是最好的选择,还要营养科学配餐。好的生活习惯,以及保持一个好心态,很重要。避免去"作",不"作"不病,不"作"不死。

其三,医疗除了有必要的药物治疗,心理治疗也很重要。气生万物,气不足则万病长。我在书中多有阐述,可参阅书中有关章节。气是能量,人一刻也不能离开呼吸。气是真气、元气,气要充足,生命才能维持。肝气要疏,心态要好,很多疾病的产生皆源于爱生气着急。因此,患有心理疾患的人可以说比比皆是、千奇百怪,只是多数人能自控而已。所谓的健康是指身心健康,现在的人有七成以上处于亚健康状态之中,主要是心理健康出了问题,容易焦虑、忧郁,需要"疗心"。读者通过阅读本书的内容,或可找到一些答案或良方。阅读本书后,书中内容如果对您的身心健康也有潜移默化的启发,让您有些"觉悟",就是值得了。希望本书能大大增加您有关《红楼梦》和中医药知识的储备,也希望能为您和您家人的身心更健康加油鼓劲!

本书自编著初始,律师、文学研究者赵世禹老师,首都师范大学中文系老教授霍秀全老师,先后为本书写了序言;《中华英才》杂志资深记者吕月华在专访我的文章中也提到我正在编写此书:"力求将文学名著中璀璨的中医药瑰宝串联起来加以应用,从而有效地服务于人民群众。试问热忱何处来?甘为孺牛献终身。"作家、诗人阿坚也特意撰写了感人至深的读后感。

再次感谢"幕后无名英雄"——利用工作之余对我的手稿进行打印、

校改的王智丰、杨朔夫妇；感谢为本书出版奔走引荐的"特约出版人"张钊。此外，张驰、罗艺、老鸭、沈雷、金爽迪、高星、王海平、吴小鸣、周京晖、侯晓磊、李筠等朋友对本书问世，予以大力支持、关注，借此一并感谢！

由于本人文学水平、医学水平有限，编写内容肯定难以避免谬误，恳请有缘读者不吝赐教！诚挚叩谢！

沈家祥
2023年4月于旧宫寓所

目 录

第 一 章　林黛玉与人参养荣丸　　　　　　　　　　　　　　001

第 二 章　薛宝钗与冷香丸　　　　　　　　　　　　　　　　003

第 三 章　秦可卿"病"亡：益气养荣补脾和肝汤　　　　　　007

第 四 章　花袭人与麻黄汤、桂枝汤　　　　　　　　　　　　013

第 五 章　巧姐儿痘疹：桑菊饮、化斑汤　　　　　　　　　　016

第 六 章　贾宝玉的神秘药方　　　　　　　　　　　　　　　018

　　　　　附：八珍益母丸、左归丸、右归丸、麦味地黄丸、天王补心丹　021

第 七 章　林黛玉中暑：香薷饮解暑汤　　　　　　　　　　　024

第 八 章　花袭人受伤：山羊血黎洞丸　　　　　　　　　　　027

第 九 章　贾宝玉与酸梅汤、木樨清露、玫瑰清露　　　　　　030

第 十 章　贾宝玉和莲叶羹　　　　　　　　　　　　　　　　033

第十一章　菱粉糕、鸡油卷及药膳糕点　　　　　　　　　　　035

　　　　　附：枣泥山药糕、糖蒸酥酪、桂花糖蒸新栗粉糕、洁粉梅

　　　　　片雪花洋糖、宫廷八珍糕　　　　　　　　　　　　037

第 十 二 章	贾母和巧姐儿生病：麻黄汤、至宝锭	044
	附：梅花点舌丹、紫金锭、活络丹、催生保命丹、催生汤	047
第 十 三 章	林黛玉与燕窝冰糖粥	049
第 十 四 章	贾宝玉与七厘散	052
第 十 五 章	晴雯与荆芥防风汤	054
第 十 六 章	晴雯余邪未尽：三分药七分养	058
第 十 七 章	贾府除夕：屠苏酒、合欢汤、吉祥果、如意糕	061
第 十 八 章	凤姐小产：乌鸡白凤丸、益母草膏、人参归脾丸	064
第 十 九 章	贾府内的花：花的药用价值	067
第 二 十 章	贾宝玉痰迷心窍：祛邪守灵丹、开窍通神散	070
	附：精神病学简述	073
第二十一章	史湘云得杏瘢癣：蔷薇硝及口服剂	079
第二十二章	贾宝玉与茯苓霜	082
	附：菌菇的药膳价值	083
第二十三章	史湘云醉酒：醒酒石	086
	附：说酒	087
第二十四章	贾宝玉与普洱茶、女儿茶	090
	附：《红楼梦》茶话简述	091
第二十五章	贾母患太阳病	097
	附：中医六经辨证与太阳病证治	098
第二十六章	薛蟠水土不服：越鞠丸和藿香正气汤	101
	附：五运六气、暑温辨证论治	102

第二十七章	尤二姐流产：大黄蟅虫丸	105
	附：孕妇忌、慎用药三大类名录	107
第二十八章	凤姐月经崩漏：辨证施治	109
第二十九章	凤姐心脾两虚：升阳养荣之剂	113
第 三 十 章	贾府的调经养荣丸	115
	附：论人参	118
第三十一章	晴雯女儿痨：话痨病	121
第三十二章	香菱干血之症：话闭经	124
第三十三章	王道士与"疗妒汤"	126
第三十四章	林黛玉患肺痨：黑逍遥散、归肺固金汤	128
第三十五章	薛姨妈肝气上逆：钩藤汤、左金丸	133
第三十六章	巧姐儿内热惊风：四神散	135
第三十七章	妙玉坐禅走火入魔：交泰丸	138
第三十八章	宝钗患热痹症：十香返魂丹、至宝丹	142
第三十九章	元春痰厥：导痰汤	145
第 四 十 章	贾宝玉丢玉，痴呆疯癫	149
第四十一章	林黛玉绝望求速亡	152
	附：黛玉仙逝后遐想	157
第四十二章	林黛玉回光返照：桂圆汤和梨汁	161
第四十三章	尤氏遭阴邪	163
第四十四章	贾母气逆、凤姐气厥：疏气安神药	166
第四十五章	贾母小恙命归天	169

第四十六章　王熙凤心夭　　　　　　　　　　173
　　1. 以心为病　　　　　　　　　　　　　175
　　2. 回顾王熙凤　　　　　　　　　　　　179
　　3. 凤姐魂归太虚遐想　　　　　　　　　181

第四十七章　宝玉痊愈　　　　　　　　　　185
　　1. 有关玉及玉的药效　　　　　　　　　190
　　2. 贾宝玉足迹留痕　　　　　　　　　　191
　　3. 再现《红楼梦》遐想　　　　　　　　194

附录一：为红楼梦中人重新切脉　　　　　　197
附录二：曹雪芹与高鹗生平简介　　　　　　203
附录三：药膳与中医药名录　　　　　　　　207
　　（一）药膳名录　　　　　　　　　　　207
　　（二）中医药名录　　　　　　　　　　208

第一章

林黛玉与人参养荣丸

[原文]

【第三回，第40页第二段】① 众人见黛玉年貌虽小，其举止言谈不俗，身体面庞虽怯弱不胜，却有一段自然的风流态度，便知他有不足之症。因问："常服何药，如何不急为疗治？"黛玉道："我自来是如此，从会吃饮食时便吃药，到今日未断，请了多少名医修方配药，皆不见效。那一年我三岁时，听得说来了一个癞头和尚，说要化我去出家，我父母固是不从。他又说：'既舍不得他，只怕他的病一生也不能好的了。若要好时，除非从此以后总不许见哭声；除父母之外，凡有外姓亲友之人，一概不见，方可平安了此一世。'疯疯癫癫，说了这些不经之谈，也没人理他。如今还是吃人参养荣丸。"贾母道："正好，我这里正配丸药呢。叫他们多配一料就是了。"

人参养荣丸： 人参5克、白术50克、茯苓25克、当归50克、熟地黄25克、白芍50克、黄芪50克、肉桂50克、远志15克、五味子25克。

制法： 以上10味，将熟地黄与处方内部分药物串研。另取鲜姜15克切碎，与大枣50克分次水煎，取煎出液，至味尽，去滓。将煎出液适当浓缩，浸拌上列药物，晒干或低温干燥，再共研细粉，过筛。混合均匀。炼蜜为丸，即得。每丸重10克。

---

① 本书所有《红楼梦》引文及其对应页码皆出自人民文学出版社1982年出版的《红楼梦》，后文不再赘述。另外，由于不同版本的《红楼梦》页码不一样，个别字词可能也不一样，不过情节相差不多，为方便读者对照或知悉此处情节在原文大致何处，此处也标出相应章回数，如此处情节发生在第三回。

[中医药释读]

不足之症：中医病症名。由身体虚弱引起。例如脾胃虚弱，也叫中气不足；胃下垂，称中气下陷；气血虚弱，也是中气不足。可吃人参养荣丸。

本方是十全大补汤减去川芎加陈皮、五味子、远志而成。方中加利气之品陈皮，则气行而不滞。去行血之物川芎，则补血之力更专。更加五味子、远志以安神定志，诚为补血益心脾之良剂。

中气下陷除表现为胃下垂、肾下垂、内脏下垂外，临床也可见子宫垂出阴道外、直肠下垂出肛门外。1971年初，我跟随老中医赵泽臣老师实习中医临床，一位产后一周的30岁女老师来就诊，因三度子宫脱垂，子宫脱垂至阴道外，痛苦不堪。我重用补中益气汤中的炙黄芪150克，以及方中的党参、炙甘草、炒白术、当归、升麻、柴胡、陈皮、生姜、大枣，患者服用后疗效立竿见影。

我曾见过一位20来岁似林黛玉般多愁善感的女患者，见落叶、下雨也伤感，她一心想减肥，身高162厘米，体重仅35千克。我在人参养荣丸的方剂中加减，添加柴胡、佛手、焦三仙、桔梗、砂仁等疏肝健脾类中药，加之心理疏导，疗效显著。

第二章

薛宝钗与冷香丸

[原文]

【第七回，第107页第二段】周瑞家的轻轻掀帘进去，只见王夫人和薛姨妈长篇大套的说些家务人情等语。周瑞家的不敢惊动，遂进里间来。只见薛宝钗穿着家常衣服，头上只散挽着髻儿，坐在炕里边，伏在小炕桌上同丫鬟莺儿正描花样子呢。见他进来，宝钗才放下笔，转过身来，满面堆笑让："周姐姐坐。"周瑞家的也忙陪笑问"姑娘好？"一面炕沿上坐了，因说："这有两三天也没见姑娘到那边逛逛去，只怕是你宝兄弟冲撞了你不成？"宝钗笑道："那里的话。只因我那种病又发了，所以这两天没出屋子。"周瑞家的道："正是呢，姑娘到底有什么病根儿，也该趁早儿请个大夫来，好生开个方子，认真吃几剂，一势儿除了根才是。小小的年纪倒作下个病根儿，也不是顽的。"宝钗听了便笑道："再不要提吃药。为这病请大夫吃药，也不知白花了多少银子钱呢。凭你什么名医仙药，从不见一点儿效。后来还亏了一个秃头和尚，说专治无名之症，因请他看了。他说我这是从胎里带来的一股热毒，幸而先天壮，还不相干；若吃寻常药，是不中用的。他就说了一个海上方，又给了一包药末子作引子，异香异气的，不知是那里弄了来的。他说发了时吃一丸就好。倒也奇怪，吃他的药倒效验些。"

周瑞家的因问："不知是个什么海上方儿？姑娘说了，我们也记着，说与人知道，倘遇见这样病，也是行好的事。"宝钗见问，乃笑道："不用这方儿还好，若用了这方儿，真真把人琐碎死。东西药料一概都有限，只难得'可巧'二字：要春天开的白牡丹花蕊十二两，夏天开的白荷花蕊十二两，秋天的白芙蓉蕊十二两，冬天的白梅花蕊十二两。将这四样花蕊，于次年春分这日晒干，和在药末子一处，一齐研好。又要雨水这日的雨水十二钱，……"周瑞家的忙道："嗳哟！这么说来，这就得三年的工夫。倘或雨水这日竟不下雨，这却怎处呢？"宝钗笑道："所以说那里有这样可巧的雨，便没雨也只好再等罢了。白露这日的露水十二钱，霜降这日的霜十二钱，小雪这日的雪十二钱。把这四样水调匀，和了药，再加十二钱蜂蜜，十二钱白糖，丸了龙眼大的丸子，盛在旧磁坛内，埋在花根底下。若发了病时，拿出来吃一丸，用十二分黄柏煎汤送下。"[1]

周瑞家的听了笑道："阿弥陀佛，真坑死人的事儿！等十年未必都这样巧的呢。"宝钗道："竟好，自他说了去后，一二年间可巧都得了，好容易配成一料。如今从南带至北，现在就埋在梨花树底下呢。"周瑞家的又问道："这药可有名子没有呢？"宝钗道："有。这也是那癞头和尚说下的，叫作'冷香丸'。"周瑞家的听了点头儿，因又说："这病发了时到底觉怎么着？"宝钗道："也不觉甚怎么着，只不过喘嗽些，吃一丸下去也就好些了。"

[中医药释读]

"冷香丸"一方，各类医书并无记载，可能是曹雪芹杜撰的药物，但其处方遣药之意，十分耐人寻味。从药名上看，突出的是冷和香。冷从几个

---

[1] 关于古代的中药生药剂量单位，元、明、清沿用宋代16进位制，即一斤（500克）等于16两或160钱，也就是1两为31.25克，一钱为3.125克。全国高等中医药院校规划教材《方剂学》对此有过说明："宋以前一两折算为3克，宋以后一两折算为30克。"宋以前的剂量单位主要依据李时珍《本草纲目》所言："今古异制，古之一两，今用一钱也。"

方面可见。首先，那四种花均为白色，白色是冷色，冷色从花蕊开始，冷到家了。白色入肺，是中医的分类。肺主金，这药配给宝钗，是曹雪芹精心设计的。宝玉、黛玉都是玉，恐相克；宝玉、宝钗是金玉相配，似乎相和。但宝钗服用冷香丸后，金属本质被克解掉，仍是悲剧组合。其次，所使用的天落水、白露的露水、霜降的霜，还有小雪那天的雪，均为冷水，即便做成了冷香丸，还要装到旧瓷坛里，埋在花根底下，地下阴冷森森，可谓雪上加霜。而且，吃冷香丸时，还要用苦寒凉药黄柏煎汤送下，可谓寒冷至极。中医认为脾胃为后天之本，胃主受纳，脾主运化，养生秘诀之一是要温养脾胃，忌寒凉黏腻饮食。若先天不足，靠后天休养，首先就要养好脾胃。

冷香丸的香味，激活人位于鼻腔上端上皮的嗅觉受体细胞。法国最好的调香师至多能分辨出1000多种气味，远远比不上一些动物，例如猫和狗能识别或记忆4万~5万种气味。虽然人的鼻子时刻都在工作，但对许多气味是无法感知的。虽然说定义香或臭是大脑的事，但在文学作品中，散发着香味的永远是贵族。对于大众所喜爱的鲜花和美女，人们通常都将其气味定义为香。天然的鲜花所散发的有香气的物质来自其薄壁组织中的许多油细胞，它们能够分泌出有香气的芳香油，香气很容易扩散到空气中。花香令人愉悦，放松心情，有提神醒脑作用。中医认为"芳香化浊"，就是说花香具有消炎灭菌的作用。

冷是下降下沉的，香是上升发散的，一升一降带来矛盾，也带来流动，带来生机。宝钗说她是从胎里带来的胎热毒，又说吃了冷香丸后也不觉特别有效，只是对于喘咳好些。从此角度看，冷香丸的寓意大于疗效。热者寒之，寒者热之，是从用药的大原则出发。宝钗的病因既然是胎热毒，用冷香丸的寒性是对的，用其香化浊毒、散毒热，也是对的。但宝钗是未成年人，是少女，按中医分型是纯阳之体，不宜直接施用太寒凉之药物。另外，这方子最主要的缺陷是光强调祛病邪，伤了脾胃，却没有顾及扶正，所以宝钗承认，服了冷香丸，不是特别有效。如果在服用冷香丸祛病邪的同时，服用扶正的中药，例如玉屏风散，效果会更好些。玉屏风散的成分是生黄芪、白术、防风三味药，曹雪芹肯定知晓祛邪扶正的原则，但由于剧情需要，宝钗的病不能完全治愈，毕竟治愈了就没有下文了。

第三章

秦可卿"病"亡：益气养荣补脾和肝汤

[原文]

【第十回，第146页第三段】（贾璜之妻璜大奶奶，到宁府见了贾珍之妻尤氏①）方问道："今日怎么没见蓉大奶奶？"尤氏说道："他这些日子不知怎么着，经期有两个月没来。叫大夫瞧了，又说并不是喜。那两日，到了下半天就懒待动，话也懒说，眼神也发眩。"

【第150页第三段】（贾珍通过冯紫英的介绍，请来了能看病的张友士）且说次日午间，人回道："请的那张先生来了。"……贾蓉同了进去。到了贾蓉居室，见了秦氏，向贾蓉说道："这就是尊夫人了？"贾蓉道："正是。请先生坐下，让我把贱内的病说一说再看脉如何？"那先生道："依小弟的意思，竟先看过脉再说的为是。我是初造尊府的，本也不晓得什么，但是我们冯大爷务必叫小弟过来看看，小弟所以不得不来。如今看了脉息，看小弟说的是不是，再将这些日子的病势讲一讲，大家斟酌一个方儿，可用不可用，那时大爷再定夺。"贾蓉道："先生实在高明，如今恨相见之晚。就请先生看一看脉息，可治不可治，以便使家父母放心。"于是家下媳妇们捧过大迎枕来，一面给秦氏拉着袖口，露出脉来。先生方伸手按在右手脉上，调息了至数②，宁神细诊了有半刻的工夫，方换过左手，亦复如是。诊

---

① 括号内的文字是为提醒读者相关情节或知识，并非原文。下同。
② 一呼一吸叫作一息，正常人一分钟约有十六个息，也就是有16次左右呼吸，正常的一息是四至，也就是说一次呼吸有4次心跳脉动，一分钟16次呼吸64次心跳，人正常的心跳动（搏动）是一分钟60至80次，过慢称为心动过缓，过快称为心动过速。

毕脉息，说道："我们外边坐罢。"①

贾蓉于是同先生到外间房里床上坐下，一个婆子端了茶来。贾蓉道："先生请茶。"于是陪先生吃了茶，遂问道："先生看这脉息，还治得治不得？"先生道："看得尊夫人这脉息：左寸沉数，左关沉伏；右寸细而无力，右关需而无神。其左寸沉数者，乃心气虚而生火；左关沉伏者，乃肝家气滞血亏。右寸细而无力者，乃肺经气分太虚；右关需而无神者，乃脾土被肝木克制。心气虚而生火者，应现经期不调，夜间不寐。肝家血亏气滞者，必然肋下疼胀，月信过期，心中发热。肺经气分太虚者，头目不时眩晕，寅卯间（凌晨五时左右）必然自汗，如坐舟中。脾土被肝木克制者，必然不思饮食，精神倦怠，四肢酸软。据我看这脉息，应当有这些症候才对。或以这个脉为喜脉，则小弟不敢从其教也。"旁边一个贴身伏侍的婆子道："何尝不是这样呢。真正先生说的如神，倒不用我们告诉了。如今我们家里现有好几位太医老爷瞧着呢，都不能的当真切的这么说。有一位说是喜，有一位说是病，这位说不相干，那位说怕冬至，总没有个准话儿。求老爷明白指示指示。"

那先生笑道："大奶奶这个症候，可是那众位耽搁了。要在初次行经的日期就用药治起来，不但断无今日之患。而且此时已全愈了。如今既是把病耽误到这个地位，也是应有此灾。依我看来，这病尚有三分治得。吃了我的药看，若是夜里睡的着觉，那时又添了二分拿手了。据我看这脉息：大奶奶是个心性高强聪明不过的人；聪明忒过，则不如意事常有；不如意事常有，则思虑太过。此病是忧虑伤脾，肝木忒旺，经血所以不能按时而至。大奶奶从前的行经的日子问一问，断不是常缩，必是常长的。是不是？"这婆子答道："可不是，从没有缩过，或是长两日三日，以至十日都

---

① 中医讲究望、闻、问、切四诊合一。张太医没有当面问诊，情有可原，望诊包括望气色、望精气神、望形体动作等，但不可忽略望舌苔和舌本质。此处是礼数不允许还是曹雪芹忘了描述，我们不得而知。闻包括听患者所发出的气息声音及嗅患者的气味等。这些都是医家诊断、辨证的基本功。

长过。"先生听了道:"妙啊!这就是病源了。从前若能够以养心调经之药服之,何至于此。这如今明显出一个水亏木旺的症候来。待用药看看。"于是写了方子,递与贾蓉,上写的是:

益气养荣补脾和肝汤

人参:二钱;白术:二钱,土炒;云苓:三钱;熟地:四钱;
归身:二钱,酒洗;白芍:二钱,炒;川芎:钱半;黄芪:三钱;
香附米:二钱,制;醋柴胡:八分;怀山药:二钱,炒;真阿胶:二钱,蛤粉炒;延胡索:钱半,酒炒;炙甘草:八分;
引用建莲子七粒去心,红枣二枚。

贾蓉看了,说:"高明的很。还要请教先生,这病与性命终久有妨无妨?"先生笑道:"大爷是最高明的人。人病到这个地位,非一朝一夕的症候,吃了这药也要看医缘了。依小弟看来,今年一冬是不相干的。总是过了春分,就可望全愈了。"贾蓉也是个聪明人,也不往下细问了。

于是贾蓉送了先生去了,方将这药方子并脉案都给贾珍看了,说的话也都回了贾珍并尤氏了。尤氏向贾珍说道:"从来大夫不像他说的这么痛快,想必用的药也不错。"贾珍道:"人家原不是混饭吃久惯行医的人。因为冯紫英我们好,他好容易求了他来了。既有这个人,媳妇的病或者就能好了。他那方子上有人参,就用前日买的那一斤好的罢。"贾蓉听毕话,方出来叫人打药去煎给秦氏吃。

【第十一回,第156页第三段】这里尤氏方说道:"从前大夫也有说是喜的。昨日冯紫英荐了他从学过的一个先生,医道很好,瞧了说不是喜,竟是很大的一个症候。昨日开了方子,吃了一剂药,今日头眩的略好些,别的仍不见怎么样大见效。"……凤姐儿听了,眼圈儿红了半天,半日方说道:"真是'天有不测风云,人有旦夕祸福'。这个年纪,倘或就因这个病上怎么样了，人还活着有什么趣儿！"

【第十三回，第 175 页第二段】（秦可卿死前托梦给凤姐儿说）"若目今以为荣华不绝，不思后日，终非长策。眼见不日又有一件非常喜事，真是烈火烹油、鲜花着锦之盛。要知道，也不过是瞬息的繁华，一时的欢乐，万不可忘了那'盛筵必散'的俗语。此时若不早为后虑，临期只恐后悔无益了。"凤姐忙问："有何喜事？"秦氏道："天机不可泄漏。只是我与婶子好了一场，临别赠你两句话，须要记着。"因念道：

三春去后诸芳尽，各自须寻各自门。

凤姐还欲问时，只听二门上传事云板连叩四下，将凤姐惊醒。人回："东府蓉大奶奶没了。"凤姐闻听，吓了一身冷汗，出了一回神，只得忙忙的穿衣，往王夫人处来。

[中医药释读]

病重患者一般熬过寒冬到春来，就有生存的希望。曹雪芹笔下的张友士也说了这类话，但自十月以来，秦可卿吃了两个多月的药也没见好，倒先脱了形，没挨到过年，立春就死了。大约是曹雪芹通过张友士故意所为，留下悬念。

普通大夫都会通过四诊八纲为患者辨证施治。切脉要对左右手的寸、关、尺脉象进行观察。左手的寸、关、尺对应的是心、肝、肾；右手的寸、关、尺对应的是肺、脾、命门。张友士没讲述两手的尺，也就是左手的肾水、右手的命门火，这是遗落了很关键的一环。他开具的益气养荣补脾和肝汤，实际就是十全大补汤减去补命门火的肉桂，加上疏肝健脾补血的柴胡、香附、山药、延胡索和阿胶五味药及药引子莲子和红枣。补气代表方子四君子汤[①]加上补血代表方子四物汤[②]，为八珍汤，再加上黄芪、肉桂组

---

① 人参、白术、茯苓、甘草。
② 当归、白芍或赤芍、熟地或生地、川芎。

合，为十全大补汤。医家讲究用药要随症加减，根据患者服药后的气血、症状改变药方，根据气候变化调节处方。御药房的太医为皇家服务一般仅开具1～3剂药就会随症加减调整处方。对普通民众，一般开具了5～7剂药就要根据病况调整一下处方。而曹雪芹笔下的张友士给秦可卿开具的处方就没调整过，一张处方吃到底、吃到死。

根据原文，秦可卿的主要病症是懒得动，甚至话都懒得说，头晕眼花，凌晨5点左右出汗，闭经两个多月，没怀孕。有月经后期史，一般晚3～5天，有时晚10天。凌晨5点前没活动却出汗，为盗汗，那时为阴中之阴。5点后没活动却出汗，为自汗，那时为阴中之阳。下午为阳中之阳，因阳虚出汗为自汗。秦可卿的症状属于盗汗和自汗之间。

张友士开具的药方总体上可以接受，但十全大补汤缺少关键一味肉桂，就不能称为十全大补汤了。肉桂，味辛、甘，性大热，归肾、脾、心、肝经，有补火助阳，引火归原，散寒止痛，温通经脉的功效，主治阳痿宫冷、腰膝冷痛、肾虚作喘、虚阳上浮，眩晕目昏、心腹冷痛、痛经经闭等。肉桂这味药对秦可卿的病症很重要，是否故意缺失，值得探究。

著名方剂金匮肾气丸就是在六味地黄丸的基础上添加了肉桂，还有以故宫交泰殿命名的交泰丸，只有两味药：肉桂和黄连。黄连治有余之心火，引火归肾源，肉桂温煦肾水，肾水涵养心脉。交泰丸是治疗心肾不交的著名方剂。就秦可卿服药后的情况来看，虽然效果不好，但也不至于病重到熬不过严冬。秦可卿是《红楼梦》主要女角色中死亡的第一人，从医学角度讲，她应不是死于医学原因，至少不是主要原因，处方上的败笔不致死，反而自杀的可能性更大。

有红学家从法律层面揭示秦可卿是自杀，在此我略微简述一下，因为这不是本书的关注重点。当宝玉还是少年懵懂时，第一次听到焦大怒骂"贾家爬灰的爬灰，养小叔子的养小叔子"，他问凤姐爬灰是什么意思，凤姐连忙立眉瞋目断喝道："少胡说"。爬灰是指公公与儿媳妇私通。焦大骂的是贾珍与儿子贾蓉的媳妇秦可卿通奸。秦可卿是贾府外的一位小官吏的养女，这小官吏叫秦业，婚后多年无后，就从养生堂（育婴堂）领养一女，就是秦可卿。养成后貌若天仙，嫁给贾珍之子贾蓉为妻。秦可卿的亲生父母不得而知，秦可卿是私生女，其父母从遗传学上讲应也是样貌风流不俗。也有红学家考证，说秦可卿是被废太子的女儿。

贾蓉是贾珍的亲生儿子，而贾珍的夫人尤氏却不是贾蓉的亲生母亲。贾珍对待儿子贾蓉、夫人尤氏是严厉的，对待外人是和气的，而贾蓉、尤氏对待贾珍又是敬畏的。贾珍与贾蓉的父子关系比贾政贾宝玉的父子关系要融洽、和谐得多。即使贾珍和贾蓉之妻秦可卿通奸，也没影响贾珍贾蓉父子关系。很难确定秦可卿是不是被贾珍强奸的，但乱伦在清朝的法律规定下是十大罪恶之一。如果是儿媳告官说公公强奸了自己，一旦采实，法律并不首先保护妇女，而是将公公、儿媳一律问斩。秦可卿死后，贾珍的悲伤程度远远大于贾蓉，大办丧事，通过关系花巨资购买了皇家使用的昂贵寿材，高调给秦可卿下葬，给了秦家几千两银子予以慰问。秦可卿的两位贴身丫鬟洞悉贾珍与秦可卿之奸情，深知秦可卿死后自己的下场。大丫鬟瑞珠触柱而亡，贾珍遂以孙女之礼殓殡；小丫鬟宝珠按未嫁女之丧，借为秦可卿终身守灵为名，逃离贾府。秦可卿一案烟消云散。

第四章

花袭人与麻黄汤、桂枝汤

[原文]

【第十九回，第272页第三段】二人正说着，只见秋纹走进来，说："快三更了，该睡了。方才老太太打发嬷嬷来问，我答应睡了。"宝玉命取表来看时，果然针已指到亥正，方从新盥漱，宽衣安歇，不在话下。

至次日清晨，袭人起来，便觉身体发重、头疼目胀，四肢火热。先时还扎挣的住，次后揑不住，只要睡着，因而和衣躺在炕上。宝玉忙回了贾母，传医诊视，说道："不过偶感风寒，吃一两剂药疏散疏散就好了。"开方去后，令人取药来煎好。刚服下去，命他盖上被渥汗，宝玉自去黛玉房中来看视。

【第二十回，第280页第二段】一时杂使的老婆子煎了二和药来。宝玉见他才有汗意，不肯叫他起来，自己便端着就枕与他吃了……

【第281页第四段】至次日清晨起来，袭人已是夜间发了汗，觉得轻省了些，只吃些米汤静养。

[中医药释读]

曹雪芹在书中写道，医生诊视后认为花袭人是偶感风寒，疏散一下就好，并且命她盖上被渥汗。书中虽然没有写明处方，但是依我判断，袭人患的是风寒闭肺感冒。张仲景的经典之作《伤寒论》中记载了外感风寒、感冒无汗的代表方剂是麻黄汤，感冒有汗的代表方剂是桂枝汤。花袭人的病症显然需要服用麻黄汤。

麻黄汤：麻黄（去节）9克、桂枝（去皮）6克、杏仁（去尖）6克、炙甘草3克。
用法用量：一剂药水煎后分两次服用，温服盖好被子取微汗。

麻黄汤的功效是发汗解表，宣肺平喘。脉证表现是脉浮紧、苔薄白。外感风寒表实证，恶寒发热、头身疼痛、无汗微憋喘。本病为风寒束表，肺气失宣所致。风寒束表闭肺，邪正相争，则恶寒发热；皮毛闭塞，经气不利，头身疼痛，无汗；肺气失宣，上逆为喘咳；苔薄白，脉浮紧均为外感风寒表实证的征象。浮脉为浮阳主表，紧脉为寒凝拧紧之状。治宜发汗宣肺，既解在表之寒邪，又开郁闭之肺气。方中的麻黄性温辛散，入肺经，既开泄腠理散寒邪，又宣畅肺气止喘咳，为君药。桂枝通营达卫，既助麻黄发汗解表，又畅行营阴止疼痛，使表邪祛营卫和，为臣药。麻桂相配，一宣卫气之郁闭开腠理，二通营阴之滞以和营卫，两药相配为用，透营畅卫，为辛温解表的常用佳配。杏仁苦降入肺，肃降肺气以平喘咳，与麻黄为伍，一宣一降，以复肺之宣肃功能，增平喘止咳之功，为佐药。炙甘草调和诸药，既益气扶正，又能缓和麻、桂之峻烈之性，使汗出而不伤正，为使药而兼佐药之用。肺与大肠相表里，杏仁与炙麻黄的蜜有润肠作用，釜底抽薪使肺邪外走。四药合用，发汗解表以散寒，宣降肺气以平喘。

外感风寒表虚证，有汗则用桂枝汤。

桂枝汤：桂枝去皮9克、白芍药9克、炙甘草6克、生姜片9克、大枣3克。

无论是外感风寒、外感风热还是外感暑湿等外感疾病，自身抵抗力、免疫力是内因，起着关键作用。病由寒生，是指大多疾病由受寒引起。花袭人外感风寒时是当年正月，正值寒冷之时，加上元春作为皇妃回贾府省亲后，贾府主仆上下忙乱，花袭人也少不了过度疲劳，过后宝玉放袭人回家看望家人，她也一定得不到充分休息，少不了亲朋好友探访，继续处在疲劳中。回到贾府当天，袭人又忙到挺晚的，丫鬟秋纹提醒说，快三更了，赶快休息吧。三更就是半夜11点到凌晨1点（提高抵抗力的方法之一就是睡好子午觉，也就是半夜11点前入睡，子午时进入熟睡时刻）。花袭人在连续疲劳之下，又受到李嬷嬷的责难，加之心情不好，免疫力急剧下降，受风寒之疾在所难免。

花袭人在曹雪芹所著的《红楼梦》中是举足轻重的人物，在金陵十二钗又副册中排第二位，是宝玉房里大丫鬟之首。花袭人原名花珍珠，以"贤花解语"（善解人意）著称。从小因家贫被父母卖到贾府为婢，原是跟着贾母，又服侍史湘云几年。贾母见袭人心地纯良，恪尽职守，便命她服侍自己最心疼的贾宝玉，成为贾宝玉的首席丫鬟。曾与贾宝玉"偷试云雨情"，最终嫁给戏子蒋玉菡。

贾府破落，贾宝玉沦败为乞丐时，最后是花袭人夫妇收留了贾宝玉、薛宝钗夫妇。此一时，彼一时，风水轮流转。

第五章

巧姐儿痘疹：桑菊饮、化斑汤

[原文]

【第二十一回，第294页第三段】谁知凤姐之女大姐病了，正乱着请大夫来诊脉。大夫便说："替夫人奶奶们道喜，姐儿发热是见喜了，并非别病。"王夫人凤姐听了，忙遣人问："可好不好？"医生回道："病虽险，却顺，倒还不妨。预备桑虫猪尾要紧。"凤姐听了，登时忙将起来：一面打扫房屋供奉痘疹娘娘，一面传与家人忌煎炒等物，一面命平儿打点铺盖衣服与贾琏隔房，一面又拿大红尺头与奶子丫头亲近人等裁衣。外面又打扫净室，款留两个医生，轮流斟酌诊脉下药，十二日不放家去。贾琏只得搬出外书房来斋戒，凤姐与平儿都随着王夫人日日供奉娘娘。

[中医药释读]

中国古代痘疹是指天花。天花是由天花病毒感染引起的一种烈性传染病，致死率、致残率高。天花病毒主要经呼吸道黏膜侵入人体，通过飞沫传播或直接接触而传染。天花病毒的毒力不同，毒力强的引起正型天花，即典型天花；毒力弱的引起轻型天花，为类天花，主要表现为严重毒血症状（寒战、高热、乏力、头痛、四肢及腰背酸痛、体温急剧升高时可出现惊厥、昏迷）。天花病毒传染被中医学认为属瘟病、瘟疫。东晋时期著名医学家葛洪所著的《肘后备急方》中首次记载了天花病例。清代医学家朱纯嘏在《痘疹定论》中记载，宋真宗在位的公元997—1022年期间，四川峨眉山有一位神医能种痘。这种方法后来传入英国、俄罗斯，英国人受此启发试种牛痘成功，后来牛痘接种法取代了人痘接种法，并且一直沿用至今。

天花的病程一般是 40 天左右，熬过 40 天就能存活，但通常面部会留下麻坑样凹疤，俗称麻子。患病初期可用桑菊饮，两三日不解，气粗似喘，热入营血，可用化斑汤。

> **桑菊饮**：桑叶 5 克、菊花 3 克、连翘 5 克、桔梗 6 克、芦根 6 克、杏仁 6 克、薄荷 2 克、甘草 2 克。
>
> **化斑汤**：生石膏 30 克、知母 12 克、元参 10 克、犀角 6 克、粳米 30 克。

《红楼梦》书中讲凤姐家供奉了痘疹娘娘。那时的人普遍对天花没有免疫力，连皇家也不能幸免。清朝入关后的十位皇帝中患过天花的就有顺治、康熙、咸丰、同治等四位。其中染天花而死的顺治帝年仅 24 岁，同治帝死时是 19 岁。康熙帝、咸丰帝虽然没因此而亡，但脸上留下麻子。康熙帝活了 69 岁，咸丰帝仅活到 31 岁。

曹雪芹笔下的凤姐之女巧姐儿发热见喜了，大夫让预备桑虫猪尾要紧，意在说明巧姐儿发热是好事，天花病患发热，说明其机体有对抗病毒的保护性反应，高热能产生灭病毒能力，病也就快好了。猪尾表达两层意思：一则猪肉是食品，也有中药的属性，其味甘、咸，性微寒，功效是补肾滋阴、养血润燥，益气、消肿，临床有治疗疫症邪火、火灼燥渴、毒气攻手足虚肿、治小儿火丹等作用；二是用猪尾有象形作用，寓意着疾病收尾。书中所指的桑虫实际就是桑蚕，也叫白僵蚕、僵蚕，是一种虫类药。性平、无毒，味咸、辛，入肺经、肝经，具有息风止痉、祛风止痛、化痰散结的功效，用于治疗慢性惊风、癫痫、风疹瘙痒的病症，外用还有美白皮肤的效果。我曾以白僵蚕、白蒺藜、白芷、白及、白茯苓、白丁香等做皮肤美白的面膜，效果很好。

第六章

贾宝玉的神秘药方

[原文]

【第二十八回，第387页第四段】二人正说话，只见丫头来请吃饭，遂都往前头来了。王夫人见了林黛玉，因问道："大姑娘，你吃那鲍太医的药可好些？"林黛玉道："也不过这么着。老太太还叫我吃王大夫的药呢。"宝玉道："太太不知道，林妹妹是内症，先天生的弱，所以禁不住一点风寒，不过吃两剂煎药就好了，散了风寒，还是吃丸药的好。"王夫人道："前儿大夫说了个丸药的名字，我也忘了。"宝玉道："我知道那些丸药，不过叫他吃什么人参养荣丸。"王夫人道："不是。"宝玉又道："八珍益母丸？左归？右归？再不，就是麦味地黄丸。"王夫人道："都不是。我只记得有个'金刚'两个字。"宝玉扎手笑道："从来没听见有个什么'金刚丸'。若有了'金刚丸'，自然有'菩萨散'了！"说的满屋里人都笑了。宝钗抿嘴笑道："想是天王补心丹。"王夫人笑道："是这个名儿。如今我也糊涂了。"宝玉道："太太倒不糊涂，都是叫'金刚''菩萨'支使糊涂了。"王夫人道："扯你娘的臊！又欠你老子捶你了。"宝玉笑道："我老子再不为这个捶我的。"

王夫人又道："既有这个名，明儿就叫人买些来吃。"宝玉笑道："这些都不中用的。太太给我三百六十两银子，我替妹妹配一料丸药，包管一料不完就好了。"王夫人道："放屁！什么药这么贵？"宝玉笑道："当真的呢，我这个方子比别的不同。那个药名也古怪，一时也说不清。只讲那头胎紫河车，人形带叶参，三百六十两不足。龟大何首乌，千年松根茯苓胆，诸如此类的药都不算为奇，只在群药里算。那为君的药，说起来唬人一跳。前儿薛大哥求了我一二年，我才给了他这个方子。他拿了方子去又寻了二三年，花了有上千的银子，才配成了。太太不信，只问宝姐姐。"宝钗听说，笑着摇手儿说："我不知道，也没听见。你别叫姨娘问我。"王夫人笑道："到底是宝丫头，好孩子，不撒谎。"宝玉站在当地，听见如此说，一回身把手一拍，说道："我说的倒是真话呢，倒说我撒谎。"……

凤姐因在里间屋里看着人放桌子，听如此说，便走来笑道："宝兄弟不是撒谎，这倒是有的。上日薛大哥亲自和我来寻珍珠，我问他作什么，他说配药。我问他什么药，他说是宝兄弟的方子，说了多少药，我也没工夫听。他说不然我也买几颗珍珠了，只是定要头上带过的，所以来和我寻。……我没法儿，把两枝珠花儿现拆了给他。还要了一块三尺上用大红纱去，乳钵乳了隔面子呢。"

[中医药释读]

贾宝玉花三百六十两银子配制的一料药的配方，书中没有点出配方名称，我猜测可能出自明初的医家吴球。吴球，字茭山，括苍（今属浙江）人，博学慕古，少时即深入研究经书，精于医术，著有《用药玄机》《活人心统》《方脉生意》《食疗便民》《诸证辨疑》等。

曹雪芹给贾宝玉的秘方可能是"河车再造丸"，出于《诸证辨疑》一书。河车再造丸又称为河车大造丸，具有滋阴填精、补养肺肾之功效，主治虚损劳伤、精血亏虚、肺肾不足之虚劳咳嗽。

> **河车再造丸：** 人参100克，黄芪、白术各150克，当归、枣仁、远志、白芍、山药、茯苓各55克，枸杞子、大熟地各200克，紫河车一具，鹿（茸）角500克，龟板400克。加减化裁，妇人虚脱，淋带不止，加鹿角霜150克。

书中之所以特别强调加入珍珠一味药，一可能是为了避免纠纷，二是因为珍珠对林黛玉的病情有益，珍珠味甘、咸，性寒，归心、肝经，具有安神定惊、明目消翳、解毒生肌、润肤祛斑的功效。书中说用凤姐头上戴的珍珠，一定是精选的上好大珍珠，经多年日晒及精心呵护，更有灵气，这样的珍珠一定更名贵。把珍珠用乳钵研磨成细粉，再用大红纱筛药面子。其他药的加工另说。贾宝玉用的人参估计是几百年以上的野山参，用的鹿茸是上等的，用的紫河车（也就是人的胎盘）估计是健壮初产妇产下的男婴胎盘。所以按照这秘方所做的一服药价格一定很昂贵。

河车再造丸主治肝肾阴虚，咳嗽少痰，精血不足，形体消瘦；对老年气血衰退、步履不便，小儿发育不良、筋骨软弱、久痛虚损，男不育、女不孕等均有显效。中国末代皇帝溥仪临终时，因肾癌疼痛呻吟，口中还念叨着"河车丸，河车丸"。

附

八珍益母丸、左归丸、右归丸、麦味地黄丸、天王补心丹

曹雪芹笔下的贾宝玉等人是了解并长期备着一些中成药的。这一段原文中,贾宝玉念及的中成药丸依次是:人参养荣丸、八珍益母丸、左归丸、右归丸、麦味地黄丸、天王补心丹。这些都是千百年传承下来的著名中成药丸。人参养荣丸在第一章已经介绍过了,下面依次简要介绍一下其他五个。

八珍益母丸: 益母草200克、党参50克、白术(炒)50克、茯苓50克、甘草25克、当归100克、白芍(酒炒)50克、川芎50克、熟地黄100克。
用法用量: 水蜜丸每丸重6克,每次服1~2丸,每日服两次。

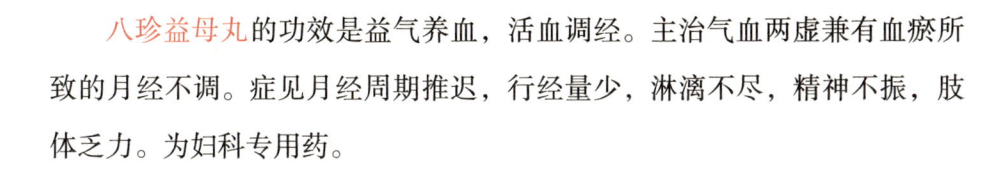

八珍益母丸的功效是益气养血,活血调经。主治气血两虚兼有血瘀所致的月经不调。症见月经周期推迟,行经量少,淋漓不尽,精神不振,肢体乏力。为妇科专用药。

左归丸: 熟地黄400克、山药200克、枸杞200克、山茱萸200克、牛膝(酒洗滑精者不用)150克、菟丝子200克、鹿角胶(敲碎,炒珠)200克、龟胶(切碎,炒珠)200克。
用法用量: 先将熟地蒸烂杵膏,加上余药面,炼蜜为丸,为梧桐大小,每服百余丸(6~9克),每日两次。食前用滚汤或淡盐水送下。

左归丸的方中重用熟地黄，滋肾益精。枸杞，补肾益精、养肝明目。鹿龟二胶珠，为血肉有情之品，峻补精髓，其中，龟胶偏于补阴，鹿角胶偏于补阳，在补阴之中配伍补阳药，意在"阳中求阴"。菟丝子，平补肾。以上为补肾药组。佐山茱萸，养肝滋肾、涩精敛汗。山药，补脾益阴、滋肾固精。牛膝，益肝肾、强腰膝、健筋骨、活血，既补肾又兼补肝脾。

左归丸的功用以壮水为主，培左肾之元阴。主治男失精、女失血，真阴肾水不足，不能滋养营卫，渐至衰弱，或虚热往来，自汗盗汗，血不归原；或虚损伤阴；或遗淋不禁；或气虚昏运；或眼花耳聋；或口燥舌干或腰酸腿软，凡精髓内亏，皆津液枯涸之症。

右归丸： 熟地黄 400 克、炮附片 50 克、肉桂 25 克、山药 400 克、山茱萸（酒炙）200 克、菟丝子 300 克、鹿角胶（珠）300 克、枸杞子 200 克、当归 200 克、杜仲（盐炒）300 克。
用法用量： 先将熟地黄蒸烂杵膏，再加上余药面，炼蜜为丸。每丸 6 克，每次服 1~2 丸。每日两次，干姜水送服。

右归丸的方中以附子、肉桂、鹿角胶为君药，温补肾阳、填精补髓。臣以熟地黄、枸杞子、山茱萸、山药，滋阴益肾、养肝补脾。佐以菟丝子，补阳益阴、固精缩尿；杜仲，补益肝肾、强筋壮骨；当归，养血和血，助鹿角胶以补养精血。诸药配合，共奏温补肾阳、填精止遗之功。

右归丸的主要功效是温补肾阳，填精止遗。主治男阳痿早泄、女性冷淡。肾阳不足，命门火衰，腰膝酸冷，精神不振，怯寒畏冷，阳痿遗精，大便溏薄，尿频而清。

麦味地黄丸： 麦冬 250 克、五味子 100 克、生地黄 400 克、山萸肉 250 克、牡丹皮 250 克、山药 300 克、茯苓 150 克、泽泻 100 克。

用法用量： 将以上诸药打成粉炼蜜为丸，每丸 6 克，每服 1~2 丸，每日服两次。陈皮水送服。

麦味地黄丸实际上就是六味地黄丸加上麦冬、五味子。主治肾阴不足、火烁肺金、喘咳劳热或鼻衄、鼻渊。对肺结核、2 型糖尿病、系统性红斑狼疮、肺癌干咳及放疗所致的放射性肺炎等有一定的临床疗效。

天王补心丹： 人参（去芦）、茯苓、玄参、丹参、桔梗、远志各 15 克，当归（酒浸）、五味子、麦门冬（去心）、天门冬、柏子仁、炒酸枣仁各 30 克，生地黄 120 克。

用法用量： 上药为末，炼蜜为丸，朱砂为衣，每丸 3 克，每次服 1~3 丸，临卧前竹叶水送服。

天王补心丹的功用是滋阴清热，养血安神。主治阴虚血少，神志不安证。证见心悸怔忡、虚烦失眠、神疲健忘，或梦遗、手足心热、口舌生疮、大便干结、舌红少苔、脉细数。

第七章

林黛玉中暑：香薷饮解暑汤

[原文]

【第二十九回，第 415 页第三段】袭人见他脸都气黄了，眼眉都变了，从来没气的这样，便拉着他的手，笑道："你同妹妹拌嘴，不犯着砸他；倘或砸坏了，叫他心里脸上怎么过的去？"林黛玉一行哭着，一行听了这话说到自己心坎儿上来，可见宝玉连袭人不如，越发伤心大哭起来。心里一烦恼，方才吃的香薷饮解暑汤便承受不住，"哇"的一声都吐了出来。紫鹃忙上来用手帕子接住，登时一口一口的把一块手帕子吐湿。雪雁忙上来捶。紫鹃道："虽然生气，姑娘到底也该保重着些。才吃药好些，这会子因和宝二爷拌嘴，又吐出来。倘或犯了病，宝二爷怎么过的去呢？"宝玉听了这话说到自己心坎儿上来，可见黛玉不如一紫鹃。

又见林黛玉脸红头胀，一行啼哭，一行气凑，一行是泪，一行是汗，不胜怯弱。宝玉见了这般，又自己后悔方才不该同他较证，这会子他这样光景，我又替不了他。心里想着，也由不的滴下泪来了。袭人见他两个哭，由不得守着宝玉也心酸起来，又摸着宝玉的手冰凉，待要劝宝玉不哭罢，一则又恐宝玉有什么委屈闷在心里，二则又恐薄了林黛玉。不如大家一哭，就丢开手了，因此也流下泪来。紫鹃一面收拾了吐的药，一面拿扇子替林黛玉轻轻的扇着，见三个人都鸦雀无声，各人哭各人的，也由不得伤心起来，也拿着手帕子擦泪。四个人都无言对泣。

[中医药释读]

此段情节中正值七月暑湿热，贾府上下兴师动众到庙里看了一天戏，林黛玉本身弱不禁热，加上饮水不足，又心情不好，就中暑了。大夫给林黛玉开具了解暑的汤剂香薷饮。她才喝下，就和贾宝玉拌嘴，动怒后哭泣，肝气犯胃，肝气横逆，致胃痉挛，横膈肌收缩上蹿，胃内的药呕吐出来，气脱汗出，交感神经兴奋，脸红头胀，心跳加快。

香薷饮四个版本的配方：

1. 出自《圣济总录》，主治霍乱吐泻、四肢厥冷的配方：香薷（去梗）125克、草乌头（浸，切，去皮脐，晒干，入盐150克同炒乌头黄褐色，去盐不用）100克、藿香（去梗，焙）100克、黄连（去须，以吴茱萸100克同炒黄连，去吴茱萸不用）100克。上为粗末，每服20克，以水二盏，加酒半盏，同煎至一盏，去滓，用新汲水沉冷，顿服。相至四肢暖，吐泻定。病轻者每服7.5克。

2. 出自《普济方》，主治暑症的配方：香薷200克、厚朴（制）二两、扁豆（姜制）100克。上药锉后加乌梅水煎，临熟前加入生姜汁温服。

3. 出自《太平圣惠方》，主治霍乱后，胃气虚，不能安卧的配方：香薷（切）一握、生姜（切）25克、木瓜（锉）100克。上药以水二大盏，煎至一盏，去滓，加白米拌合，煮成粥，入少许酱汁为味，吃一两服见效为止。

4. 出自《医方集成》，主治瘴疟、伤暑、霍乱、痢疾、头痛的配方：香薷100克、厚朴50克、白扁豆（炒研）75克、甘草（炙）50克。每服加灯芯草20茎、麦门冬（去心）20粒、淡竹叶7片、车前草2根、晚禾根1握、槟榔1枚（切片）水煎服，不拘时候，至症除。

据我考证曹雪芹笔下林黛玉服用的香薷饮使用的是《普济方》中以香薷、厚朴、扁豆为主的方子。林黛玉因中暑而服用香薷饮解暑汤完全是对症的。至于因和宝玉拌嘴，"心里一烦恼"，便将喝的香薷饮解暑汤都呕吐出来，则是黛玉的"病"与"情"共同导致的结果。

顺便说一下香薷散与香薷饮的区别：香薷散主治阴暑、恶寒发热、头痛身重、无汗、腹痛吐泻、胸脘痞闷、舌苔白腻、脉浮。临床常用于治疗夏季感冒、急性胃肠炎等属外感风寒夹湿症者。

> **香薷散：** 香薷500克、白扁豆花200克、金银花200克、连翘250克、厚朴250克，上为细末，每服10克水一盏，入酒一分，煎七分，去滓，水中沉冷。连吃两服，不拘时候。

第八章

花袭人受伤：山羊血黎洞丸

[原文]

【第三十一回，第429页第一段】话说袭人见了自己吐的鲜血在地，也就冷了半截，想着往日常听人说："少年吐血，年月不保，纵然命长，终是废人了。"想起此言，不觉将素日想着后来争荣夸耀之心尽皆灰了。眼中不觉滴下泪来。宝玉见他哭了，也不觉心酸起来，因问道："你心里觉的怎么样？"袭人勉强笑道："好好的，觉怎么呢。"宝玉的意思即刻叫人烫黄酒，要山羊血黎洞丸来。袭人拉了他的手，笑道："你这一闹不打紧，闹起多少人来，倒抱怨我轻狂。分明人不知道，倒闹的人知道了，你也不好，我也不好。正经明儿你打发小子问问王太医去，弄点子药吃吃就好了。人不知鬼不觉的可不好？"宝玉听了有理，也只得罢了，向案上斟了茶来，给袭人漱了口。袭人知宝玉心内是不安稳的，待要不叫他伏侍，他又必不依；二则定要惊动别人，不如由他去罢；因此只在榻上由宝玉去伏侍。

一交五更，宝玉也顾不的梳洗，忙穿衣出来，将王济仁叫来，亲自确问。王济仁问其原故，不过是伤损，便说了个丸药的名字，怎么服，怎么敷。宝玉记了，回园依方调治。不在话下。

[中医药释读]

曹雪芹在三十回写道：贾宝玉离开怡红院外出，花袭人是怡红院内丫鬟们中管事的，因下了大雨，并着其他几个来怡红院做客的小丫鬟，把院门

锁了，在院内嬉戏打闹。结果贾宝玉出门没带伞，淋成落汤鸡似的，回到自己住处后，无论怎么敲门都没人给开。起初丫鬟们没听见有人敲门，雷雨声太大，后来似乎听见有人敲门。开门的事一般由小丫鬟们做，袭人是大丫鬟，是不会做开门这等小事的。这回恰巧袭人亲自去开门。宝玉在门外淋雨后敲门、踹门仍没人给开，很是气愤，见门开了，不管三七二十一，一脚猛踹去，没承想踹到袭人的肋下，让她狠狠地跌落到地上泥水里。贾宝玉以为是小丫鬟开门才狠踹，没想到下脚踹到的是袭人，袭人也自知理亏，又是宝玉踹的，忍着疼痛没敢说什么，晚上就休息了。第二天一早，宝玉发现袭人咳嗽吐了血，才知道袭人被踹成了重伤。

曹雪芹没讲踹到左肋下还是右肋下。左肋下是脾脏，右肋下是肝脏。脾脏是人体最大的淋巴器官，并且贮有大量的血小板，像浸了血的海绵，贮有较多的血液，也可以称为应急的小血库。虽然脾的前面有第9～11肋骨的保护，但质地脆弱，容易受外伤。脾破裂会造成失血性休克，看来宝玉幸亏没踹到袭人的左肋下，也就是脾脏没受伤，受伤的可能是右肋下的肝脏位置。肝脏是人体内脏最大的器官，分为左叶和右叶两部分，一般成人肝脏重量在1250克左右，主要功能是代谢、解毒、合成和分泌胆汁，也有免疫和造血功能。袭人可能肝脏的门静脉被伤及，回流到右心通过肺部气管气体交换时咳出血。

贾宝玉叫人烫黄酒，给袭人兑服山羊血黎洞丸来进行急救。山羊血黎洞丸简称黎洞丸，此方出自清代吴谦所著《正骨心法要旨》。

山羊血黎洞丸：三七100克，生大黄100克，阿魏100克，孩儿茶、天竺黄、血竭、乳香、没药均各100克，雄黄50克，山羊血（无真者，用小子羊鲜心血代之）25克，冰片12.5克，麝香、牛黄各12.5克（以上各研细末），藤黄（以秋荷叶露水泡之，隔汤煮十余次，去浮沉，取中，将山羊血拌入，晒干）100克。将群药捣千余下混匀，晒干后加炼蜜少许为丸，重5克，黄蜡封固。每次服1～2丸，黄酒送服，每日服两次。

袭人受伤后，贾宝玉请来了王济仁大夫，原文里没提丸药的名字。那么根据袭人的症状，我认为可能是李时珍留下的古方跌打丸，主要由红茴香、大血藤、山楂根、蛇葡萄、刘寄奴、紫金牛、络石藤、制川乌、制草乌、地耳草、一枝黄花、半边莲、南藤、牛尾菜、藜芦、山药等十六味药组成。跌打丸可以口服，每次服 1～2 丸，每日两次，黄酒送服；也可以外用，将药丸用白酒调成糊状，外敷于伤患处。

至于为什么要用黄酒送服，主要是两个原因：第一，黄酒能当引经药（引药入经），促使药物直达病灶；第二，黄酒可以行气活血、温经通络。总体来说，黄酒可以增强方子的活血作用，提高药物的治疗效果。另外，黄酒也起到改变中药口味的效果，能矫味去腥。但并不是所有患者都适合用黄酒送服中药，还是要遵医嘱。

第九章

贾宝玉与酸梅汤、木樨清露、玫瑰清露

[原文]

【第三十四回，第465页第一段】王夫人道："也没甚话，白问问他这会子疼的怎么样。"袭人道："宝姑娘送去的药，我给二爷敷上了，比先好些了。"王夫人又问："吃了什么没有？"袭人道："老太太给的一碗汤，喝了两口，只嚷干渴，要吃酸梅汤。我想着酸梅是个收敛的东西，才刚捱了打，又不许叫喊，自然急的那热毒热血未免不存在心里，倘或吃下这个激在心里，再弄出大病来，可怎么样呢。因此我劝了半天才没吃，只拿那糖腌的玫瑰卤和了吃，吃了半碗，又嫌吃絮了，不香甜。"王夫人道："嗳哟，你不该早来和我说。前儿有人送了两瓶子香露来，原要给他点子的，我怕他胡糟踏了，就没给。既是他嫌那些玫瑰膏子絮烦，把这个拿两瓶子去。一碗水里只用挑一茶匙儿，就香的了不得呢。"说着就唤彩云来，"把前儿的那几瓶香露拿了来。"袭人道："只拿两瓶来罢，多了也白糟踏。等不够再要，再来取也是一样。"彩云听说，去了半日，果然拿了两瓶来，付与袭人。袭人看时，只见两个玻璃小瓶，却有三寸大小，上面螺丝银盖，鹅黄笺上写着"木樨清露"，那一个写着"玫瑰清露"。袭人笑道："好金贵东西！这么个小瓶儿，能有多少？"王夫人道："都是进上的，你没看见鹅黄笺子？你好生替他收着，别糟踏了。"

[中医药释读]

老太太给的一碗汤,贾宝玉喝了两口,只嚷干渴,原是贾母因心疼宝玉挨打得太重,让熬点鸡汤给他补养一下,结果鸡汤偏热,又油大,喝了感觉口干,宝玉就想喝酸梅汤。袭人认为贾宝玉挨打后心中的毒热应发散,而酸梅汤以酸涩为主,怕把心中毒热收敛于体内,继发其他大病症,这一考虑有一定的道理。

酸梅汤: 乌梅30克,干山楂片30克,五味子、桑椹、陈皮各10克,甘草、洛神花(玫瑰茄)各5克,薄荷2克,干桂花适量。加水3000毫升熬制,可放适量冰糖调口味。可以生津止渴、开胃养肝、醒酒提神。

制作要点: 先将冰糖置于锅底先煎熬45分钟,将药液过滤倒入锅内,将余下药渣再加500毫升水熬30分钟,后除去药渣,加入薄荷、桂花开锅5分钟,再将滤液倒入锅中和第一次倒入的药液混匀。

书中提及的糖腌的玫瑰卤,实际就是玫瑰酱。玫瑰花的营养价值高,富含蛋白质、脂肪、淀粉、多种氨基酸及维生素,还有丰富的常量元素和微量元素等人体必不可少的多种营养成分。玫瑰花的药用价值也很高,含有对人体有益和人体所需的维生素、氨基酸、可溶性糖、生物碱、蛋白质、脂肪、碳水化合物以及钙、磷、钾、铁、镁等矿物质和多种香酚。其维生素C含量丰富,能够美白嫩肤、预防败血症;内含单宁酸能够促进脂肪代谢,帮助降脂减肥,提神醒脑。玫瑰花也是一味中药,性甘、微苦,入肝、脾二经,有芳香行气、疏肝解郁、醒脾和胃、活血化瘀、行气止痛、养颜防衰、改善内分泌失调、月经失调等功效。

> **玫瑰酱**：将含苞待开或初开新鲜的可食用的玫瑰花瓣用清水洗净控干。戴上消毒手套，码放一层洗净的玫瑰花，再撒上一层白糖，如此循环五六层，搅拌均匀后放进消毒好的空瓶中。搅烂的玫瑰花装入瓶内，留出二分空间，盖好消毒盖，冷藏保存一两个月可食用，也可作馅料。

木樨就是常绿小乔木或灌木，开白花或暗黄色小花，也叫桂花，有特殊的香气，可做香料。书中所讲的木樨清露，实际就是桂花香精、香水。《本草纲目拾遗》中记载："桂花露，味微苦，疏肝理气，醒脾开胃。"

书中提到的玫瑰清露，实际就是用玫瑰花做的香精、香水。玫瑰清露的医学记载及附方出自《本草纲目拾遗》，是用玫瑰花的蒸馏液提取玫瑰精华。玫瑰性平、味淡，归肝、脾、胃经，有和中、养颜泽发的功效，主治肝气犯胃、脘腹胀满疼痛、肤发枯槁、和血、宽胸、散郁。

保加利亚出产的玫瑰露在世界上最负盛名，我国北京妙峰山所产的玫瑰也很有特色。1972年，我在大觉寺遗址上方十余里的寨尔峪种药、采药，作为医疗队医生，我牵着一条叫大黑的犬，从西坡登上妙峰山，路过盛产玫瑰的绛沟。那时漫山遍野都是初绽放的玫瑰花，香遍山谷，四下空旷不见一人。妙峰山的庙宇被拆毁，遍见残垣断壁，仅见一座孤零零的白塔。

第十章

贾宝玉和莲叶羹

[原文]

【第三十五回，第476页第二段】王夫人又问："你想什么吃？回来好给你送来的。"宝玉笑道："也倒不想什么吃，倒是那一回做的那小荷叶儿小莲蓬儿的汤还好些。"凤姐一旁笑道："听听，口味不算高贵，只是太磨牙了。巴巴的想这个吃了。"贾母便一叠声的叫人做去。凤姐儿笑道："老祖宗别急，等我想一想这模子谁收着呢。"……

薛姨妈先接过来瞧时，原来是个小匣子，里面装着四副银模子，都有一尺多长，一寸见方，上面凿着有豆子大小，也有菊花的，也有梅花的，也有莲蓬的，也有菱角的，共有三四十样，打的十分精巧。因笑向贾母王夫人道："你们府上也都想绝了，吃碗汤还有这些样子。若不说出来，我见这个也不认得这是作什么用的。"凤姐儿也不等人说话，便笑道："姑妈那里晓得，这是旧年备膳，他们想的法儿。不知弄些什么面印出来，借点新荷叶的清香，全仗着好汤，究竟没意思，谁家常吃他了。那一回呈样的作了一回，他今日怎么想起来了。"说着接了过来，递与个妇人，吩咐厨房里立刻拿几只鸡，另外添了东西，做出十来碗来。

[中医药释读]

莲叶羹，实则就是疙瘩汤。听着简单，真正做起来很是麻烦，起初是为接驾元春所预备的宫廷汤品。其做法主要是按菊花、梅花、莲蓬、菱角这四种植物做出的模子，用模子将面糊疙瘩压成相应的形状，加上以老母鸡小火熬制而成的汤。就莲叶羹的药膳属性及食疗原理来讲，大病初愈，可以养胃疏肝，清除体内余毒热。当年笔者参与的龙华药膳、华承隆养生食坊，做的菜从不加入味精或鸡精，而是用牛棒骨和老母鸡以小火熬制十几个小时的浓高汤备用，做相应药膳时适时添加一小匙。

莲叶羹：准备荷叶、鸡汤、面粉、莲子、食盐、胡萝卜。先分别挤出胡萝卜汁、荷叶汁备用，分别和面做成红色的、淡绿色的、原色的。再将面团揪成豆粒大小，放在印花模上压成各种形状。如果没有模具，可在竹帘上按一下，压出点花纹。在鸡汤中放入莲子、鲜荷叶煮开，再放入做好的各色小面疙瘩，放盐，用大张荷叶封盖锅口，清暑益气，养胃解毒。

第十一章

菱粉糕、鸡油卷及药膳糕点

[原文]

【第三十九回，第533页第一段】那婆子一时拿了盒子回来说："二奶奶（凤姐）说，叫奶奶和姑娘们别笑话要嘴吃。这个盒子里是方才舅太太那里送来的菱粉糕和鸡油卷儿，给奶奶姑娘们吃的。"

[中医药释读]

菱粉糕，顾名思义是以菱粉为主做的药膳糕点，具有健脾胃、益气力的养生保健作用。

中医认为，菱角性味甘凉，具有清暑解热、除烦止渴等功效。《齐民要术》中说："菱能养神强志，除百病，益精气。"

《本草纲目》则说菱角可以补脾胃、强腰膝，健力益气；还记载了菱粉粥具有益肠胃、解内热的功效。

现代医学研究表明，菱角富含蛋白质、粗纤维、钙、磷、胡萝卜素等成分，营养丰富，可与其他坚果媲美。还有研究发现，菱角具有防治食道癌、胃癌、子宫癌的功效。

因菱角含有丰富的粗纤维，女士常吃可有健美瘦身之功效。1967年刊登在日本《医学中央杂志》的一篇文章证明，菱角对抑制癌细胞的变性及组织增生均有效果。

菱粉糕： 将500克菱角去壳，晒干研成细粉，和500克糯米粉加适量白糖拌匀，入笼屉旺火蒸熟，取出切块即可。

鸡油卷是一道卷制药膳酥饼点心。主要食材为鸡油、面粉。鸡油不但是上等调味品，还具有医疗保健之功效。

常吃鸡油可使头发长得油润光亮，并且是从发根浸润整根头发，使头发由内及外光亮，比擦上去头油仅表面光亮要强得多。

大观园所食的鸡油卷更配以福、禄、寿的图案造型，以示吉利、富贵寓意。

鸡油卷两种做法：

方法一：杀鸡时将其腹腔内黄油取出，洗净沥干，切碎，与适量的葱花、细盐、五香粉拌在一起备用。取200克面粉制成发酵面团，用面杖擀成长方形的薄面片，将调好的鸡油末、葱花倒上去，用筷子摊均匀，再卷拢成圆筒状，切成20个小面卷子，翻出花来，或放入福、禄、寿的木模内压出造型，入笼，水烧开后蒸15分钟取出，就可以尝到味美可口的"鸡油卷儿"。

方法二：将生鸡油放碗中，上面盖上纸或纱布之类盖子罩住防止蒸馏水流入碗内，入笼蒸三四个小时，分离出液化油，拣出油渣，得到抽纯的鸡油，先把面片擀成长方形，将少量盐撒均匀压实后将抽纯的鸡油往返在面上涂严，再撒上葱花，其他按方法一制成。

附

枣泥山药糕、糖蒸酥酪、桂花糖蒸新栗粉糕、洁粉梅片雪花洋糖、宫廷八珍糕

《红楼梦》中提到的糕点美食有186种之多，其中具药膳功能的糕点还有枣泥山药糕、糖蒸酥酪、桂花糖蒸新栗粉糕、洁粉梅片雪花洋糖等5种。在此借介绍菱粉糕、鸡油卷之机，集中介绍以上的其他药膳糕点。

【第十一回，第164页第一段】秦氏说道："好不好，春天就知道了。如今现过了冬至，又没怎么样，或者好的了也未可知。婶子回老太太、太太放心罢。昨日老太太赏的那枣泥馅的山药糕，我倒吃了两块，倒像克化的动似的。"

枣泥山药糕通常具有健脾养胃、补气益血的功效，主要由山药、糯米、红枣等制作而成。做好的枣泥山药糕冷藏后口味清甜、温润、枣香浓郁。山药味甘、性平，入脾、肺、肾三经，有健脾养胃、补肾涩精、补益肺气、血瘀阻络之功效。大枣味甘、性温，入脾、胃二经，有补中益气，养血安神、缓和药性之功效。

枣泥山药糕： 选择500克铁棍山药，去掉外皮，切成10厘米长的小段，放入锅内蒸熟烂，放入盆内趁热加入50克糯米粉和40克白糖，一块碾成泥状。另准备300克红枣热水浸泡半小时，放入锅内蒸熟烂，之前可放30克冰糖一块和枣同蒸，通过漏网碾碎除去枣皮枣核，将枣泥和20克猪油一块炒混匀。取30克山药泥先揉成圆再捏扁，再取15克枣泥揉成圆当成枣泥馅，包在山药内揉圆，沾满糯米粉，放入模具内压实，模具内先放些糯米粉，防止山药枣泥糕搕不出来。

【第十九回，261页第二段】宝玉听了，便命换衣裳。才要去时，忽又有贾妃赐出糖蒸酥酪来；宝玉想上次袭人喜吃此物，便命留与袭人了。

糖蒸酥酪放冰箱冷藏后口感更好。吃之前在糖蒸酥酪上面点缀一点桂花蜜或者自己喜欢的果酱都可以。

奶香和米酒香混合在一起味道很奇妙，像是酸奶又像是奶酪。表面上撒的桂花蜜，金黄色的桂花懒洋洋地在奶白色的表面舒展开来。

酥酪吃起来特别嫩，微微一舔就在舌尖上化开来，淡淡的甜香在味蕾上缓缓弥漫，桂花的香气贯穿始终，好像在品尝一碗桂花味的微甜"酸奶"，尽享人生轻松愉快的时刻。

> **糖蒸酥酪：** 准备高蛋白牛奶（蛋白质含量3.8%以上）360克、酒酿适量、桂花蜜适量。先将牛奶倒入锅内，最小火加热5~8分钟，为的是蒸发一些牛奶中的水分，帮助后期凝固。然后放凉备用。酒酿倒入过筛网中压出的145克纯米汁中备用。将放凉的牛奶，挑出表面的奶皮不要，倒入容器中，将米酒汁也倒入，混合均匀。再倒入几个耐高温的杯子里（大约140克一杯）盖上耐高温保鲜膜，表面扎几个透气孔，放进上汽的蒸锅，小火蒸10~13分钟，关火后再焖3~5分钟，拿出放凉立刻可以吃。

糖蒸酥酪是胃肠道的营养佳品，富含益于肠道的益生菌。牛奶中含有的色氨酸是人体重要的神经递质5-羟色胺的前体，可以使精神和身体放松。睡前喝牛奶能调节神经节律，提高睡眠质量，还能促进骨骼生长发育，提高骨密度，缓解缺钙引起的睡觉腿抽筋以及骨质疏松等病症。牛奶中还含有乳铁蛋白、共轭亚油酸、维生素等多种抗癌因子，有抗癌、防癌作用。

米酒[①]具有滋阴补肾、通经络、养肺润肺、通乳催汁、补肾壮阳、促进消化、除臭、养颜补血、增强记忆等功效。米酒也叫糯米酒，或称甜酒，是医学上很重要的一种药引子。米酒含丰富的维生素、氨基酸、微量元素，能够促进血液循环、促进乳腺发育。对于怕冷、瘀血阻络的人，尤其是女性，适当地喝些米酒能够达到很好的调理身体的效果，且可预防月经不调，对于妇女经期有很好的补益作用。但需要注意，米酒不宜与西药同食，也不宜空腹喝米酒，避免刺激胃黏膜，对胃造成损害。

这也是"醫"（"医"的繁体字）字的由来。中医药酒是原始的药，无酒不成医。少量饮酒对人体有兴奋作用，使血管扩张，循环加强，精神振奋，疲劳解除；酒对味觉、嗅觉也有刺激作用；饭前饮用少量开胃酒，可以增进食欲、有益健康；适量饮酒60分钟后，体内胰岛素增高，消化功能也有提高。

适量饮酒指的是一日饮用60度白酒不超过25毫升，啤酒不超过425毫升，葡萄酒不超过115毫升。在此范围内，饮酒不仅不会对人体不利，还能促进健康，有效地降低高血压病及冠心病的患病率和死亡率。实验证明，女性每天喝一小杯红酒，卵子的活跃性比平时提高20%，这是因为红酒中含有多酚，而多酚有助于卵子的健康，可以减缓衰老进程。

【第三十七回，第510页第一段】那宋嬷嬷道："姑娘只管交给我，有话说与我，我收拾了就好一顺去的。"袭人听说，便端过两个小掐丝盒子来。先揭开一个，里面装的是红菱和鸡头（鸡头米、芡实）两样鲜果；又那一个，是一碟子桂花糖蒸新栗粉糕。又说道："这都是今年咱们这里园里新结的果子，宝二爷送来与姑娘尝尝。"

[①] 米酒的酒精度数一般是15~25度；糯米（江米）酿制的酒精饮料（醪糟）约为3~5度，而完全发酵去除酒糟的，一般为8~13度。

> **桂花糖蒸新栗粉糕**：用料：栗子300克、白糖90克、糯米粉65克、桂花酱80克、冷水200毫升。辅料：黑葡萄干、樱桃干适量、色拉油。制作步骤：将熟栗子剥好备用，用刀或剪刀加工成薄片，上蒸锅大火蒸15分钟，用料理机把栗子打成泥状，留些小颗粒也可以，吃起来有嚼头。加入糯米粉和栗子的比例约1:5，再往粉中加桂花糖适量，用开水搅拌和匀，加点糯米面搅拌均匀。和好的面团有些黏手，可以在手上蘸点清水捏团子，压扁，做成自己喜欢的模样，上面加上葡萄干、樱桃干，再用大火蒸5分钟，再焖一会儿就可以吃了。

栗糕在南宋《武林旧事》一书中便有记载，《梦粱录》卷十九《荤素从食店诸色点心事件附》中也有对栗糕的记载，可见历史悠久。清袁枚《随园食单》详细记载了它的制作方法："煮栗极烂，以纯糯粉加桂花糖为糕蒸之，上加瓜仁、松子等，此重阳小食也。"曹雪芹在书中虽未明确点出时间为重阳节，但以节令食物暗示这是重阳前后。

前面文中介绍过桂花（也就是木樨）的功效。栗子味甘，入脾经、胃经，具有健脾养胃功能，可缓解反胃、泄泻等病症。板栗入肾经，可以起补肾强筋作用，对于腰膝酸软、小便频数、神疲乏力、遗精、早泄等病症有一定调理效果。此外，板栗有活血止血之效，能够改善跌打损伤肿痛、便血、吐血、鼻出血等病症。板栗虽好，但一次不宜吃太多，不宜与羊肉同食，食积停滞、脘腹胀满者最好别吃。

【第四十五回，第629页第二段】就有蘅芜苑的一个婆子，也打着伞提着灯，送了一大包上等燕窝来，还有一包子<u>洁粉梅片雪花洋糖</u>。说："这比买的强。姑娘说了：姑娘先吃着，完了再送来。"黛玉道："回去说'费心'。"命他外头坐了吃茶。

梅片是指冰片[①]，但这里的"洁粉梅片"和"雪花"应该都是形容洋糖的形状，因为都是白色晶体。洋糖，一般指脱色白砂糖或绵白糖。邓云乡在《红楼风俗谭》一书中认为，这可能是一种西洋白冰糖，方块状，不是指白砂糖、绵白糖之类的糖，应该是西洋的那种方块白冰糖。这种糖现在自然还有。西方饮咖啡，有人爱直接喝原汁苦咖啡，有人嫌苦，就加上这种方糖。这种习惯也传入中国，我有时也加上一两块这种方糖，品尝异样的咖啡味道。

有人因"梅片"二字而将此物理解为拌着冰片的糖，但是在各种中医药典上，冰片均无拌糖的用法。更何况冰片用于外敷或者入丸药，因为极易挥发，无法入温热汤剂，更不用说用来煮粥。所以此处"洁粉梅片"和胭脂鹅脯的"胭脂"一样为形容词更恰当些。如果为的是爽口改用薄荷更贴近。有红学家提出，宝钗派人送给黛玉"洁粉梅片雪花洋糖"是想毒死情敌黛玉。此说法或许是过度解读了。所谓情敌，虽然不见得多友好，但到了灭杀这种地步实在不至于。

洁粉梅片雪花洋糖：先将蛋清打发至奶油状，盘子上面撒上糖粉、玉米淀粉铺底备用。锅中加入水、糖稀、细砂糖、柠檬水熬制后加进打发好的蛋清再加入明胶，搅拌均匀后倒入盘子中。冷却后改刀成小方块，撒入糖粉、玉米淀粉，摆盘即可。

[①] 冰片是龙脑科植物龙脑香树的树脂中析出的天然结晶性化合物，也可指人工合成的机制冰片以及艾纳香蒸馏结晶的加工品。龙脑香树生于热带雨林，分布于东南亚地区。冰片有止痛、防腐、开窍醒神、清热生肌等功效。临床用于治疗神昏惊厥、目赤肿痛、喉痹口疮。可以和朱砂、硼砂、玄明粉等一同制作成丸药。但冰片不可大量服用，阴虚阳亢、小儿慢寒积、脾虚腹泻、肝肾虚亏者和孕妇等忌用。用量大有胃肠道刺激，可出现恶心、呕吐、腹痛及过敏反应等副作用。

本章所述的药膳糕点是曹雪芹掌握知晓的部分民间高档次药膳糕点，我还了解许多其他宫廷药膳糕点。帝王有权征集天下名医大师为御医、御厨为宫廷服务。我所熟知的医学家、中国科学院院士、清宫医案专家陈可冀医师，开发研究出了清宫八珍糕。他手中有清宫御药房副配本，也就是承德离宫夏季仅有一百多个配方的副配本。20 世纪 80 年代初在陈院士家，他看到我手中的北京故宫御药房唯一的正配本，和他拥有的副本逐一核对，多出两百多个配方没见到过，很是兴奋，想留下研究，我没答应。其实宫廷御药房的配本中除了有以治疗为主的丸、散、膏、丹外，还有宫廷饮料、宫廷酒、宫廷糕点、宫廷外用品等。如益元糕、白雪糕等糕点，是为了解决公主、皇子太小时吃苦药困难的问题，将药膳做成糕点口感好，又能解除病痛。

陈可冀研发的八珍糕，出自《清宫医案》记载："乾隆四十一年二月十九日起，至八月十四日，皇上用八珍糕四次。""乾隆五十二年十二月初九日起，至五十三年十二月初三日，皇上用八珍糕九次。"当时乾隆帝已年逾八旬，暮年之人，先后天俱亏，阴阳气血虚损叠至，故频用此糕，亦颇适合。晚清时慈禧太后也常服八珍糕。《清宫医案》记载，光绪六年九月十三日，御医李德立为慈禧太后拟八珍糕。据说慈禧后半生因脾胃不和经常服用此糕。八珍糕原为明代陈实功《外科正宗》所创，主治小儿肠胃薄弱、消化不良、食少腹痛、面黄肌瘦、脾虚便溏等症。此糕点香甜可口而少药气，饥时可以食用，又可疗疾。用于儿童、老人，亦一妙法。

宫廷八珍糕：人参、茯苓、白术、山药、扁豆、炒薏米、芡实、莲子各 62.5 克，大米、糯米 200 克，米粉和药粉混合，和成面，加适量白糖，在笼屉内蒸熟切成菱形块，烘干便于存放。

宫廷八珍糕中的8种中药，都是药典认可的药食同源的上品药，主养命以应天。八珍糕的发明者——明朝大医陈实功说，脾胃虚弱之人，服用八珍糕百日以后，就会神清气爽、元气大增、其绝妙之处难以尽述。陈可冀、周文泉等专家专门做了《八珍糕治疗老年人脾虚证的疗效分析》的临床研究，结论是：老年人服用八珍糕后，脾虚见证积分值明显降低。可见八珍糕对脾虚证有较好疗效，并以脾虚偏阳虚者疗效显著。这八种药的药性功能可自行查阅。

第十二章

贾母和巧姐儿生病：麻黄汤、至宝锭

[原文]

【第四十二回，第576页第二段】且说刘姥姥带着板儿，先来见凤姐儿，说："明日一早定要家去了。虽住了两三天，日子却不多，把古往今来没见过的，没吃过的，没听见过的，都经验了。难得老太太和姑奶奶并那些小姐们，连各房的姑娘们，都这样怜贫惜老照看我。我这一回去后没别的报答，惟有请些高香天天给你们念佛，保佑你们长命百岁的，就算我的心了。"凤姐儿笑道："你别喜欢，都是为你，老太太也被风吹病了，睡着说不好过；我们大姐儿也着了凉，在那里发热呢。"刘姥姥听了，忙叹道："老太太有年纪的人，不惯十分劳乏的。"凤姐道："从来没像昨儿高兴。往常也进园子逛去，不过到一二处坐坐就回来了。昨儿因你在这里，要叫你逛逛，一个园子倒走了多半个。大姐儿因为找我去，太太递了一块糕给他，谁知风地里吃了，就发起热来。"

【第580页第二段】王太医说："太夫人并无别症，偶感一点风凉，究竟不用吃药，不过略清淡些，暖着一点儿，就好了。如今写个方子在这里，若老人家爱吃便按方煎一剂吃，若懒待吃，也就罢了。"说着吃过茶写了方子。刚要告辞，只见奶子抱了大姐儿出来，笑说："王老爷也瞧瞧我们。"王太医听说忙起身，就奶子怀中，左手托着大姐儿的手，右手诊了一诊，又摸了一摸头，又叫伸出舌头来瞧瞧，笑道："我说姐儿又骂我了，只是要清清净净的饿两顿就好了。不必吃煎药，我送丸药来，临睡时用姜汤研开，吃下去就是了。"

【第 581 页第三段】（鸳鸯对刘姥姥说）"这盒子里是你要的面果子。这包子里是你前儿说的药：梅花点舌丹也有，紫金锭也有，活络丹也有，催生保命丹也有，每一样是一张方子包着，总包在里头了。"

[中医药释读]

曹雪芹书中说王太医给贾母诊为偶感风凉（寒），开了处方，没说是什么方子，服用两剂就好了。经笔者考察，给贾母开的外感风寒的代表方剂可能是张仲景的《伤寒论》中记载的麻黄汤，其配方与功效见第四章。

而对于巧姐儿的病，刘姥姥说得比较委婉，说富贵人家养的孩子多太娇嫩，以后姑奶奶少疼她些就好了。王太医则说得比较直白："只是要清清静静的饿两顿就好了。"民间俗话说："要想小儿安，三分饥和寒。"小儿是纯阳之体，脾功能不健全。如果小儿穿得太保暖，不利于散去体内多余的毒热，皮肤能调节体温，小儿穿得太多，不容易保持体温平衡，积热于体内；小儿脾胃消化功能不健全，吃得太多，尤其吃寒凉膏粱厚味，油腻黏腻太多，热量太大，小儿又消化不了，容易积食、存食，皮肤就保护性散热，毛孔开放，寒邪易借机侵袭。巧姐儿的病无疑是大人怕冻着太娇惯，穿得太多，吃得太好太多所致。小孩哪知吃饱了，觉得好吃就吃起没完，不懂节制，极易患停食、着凉、感冒。

那么王太医送来的是什么丸药呢？笔者认为是"至宝锭"。小孩子易生病，家长因此常给小孩吃 1～2 丸至宝锭，说是平安药，消消食，少感冒。至宝锭配方来源于明朝《婴童百问》琥珀散方子加减，具有清热导滞、祛风化痰功效。主要适应证为小儿内热积滞、外感风寒。用焦三仙煎汤或温开水送服。

> **至宝锭**：橘皮、山楂、炒麦芽、炙白附子、全蝎、蝉蜕、天麻、羌活、钩藤、槟榔、僵蚕、贝母、紫苏叶、薄荷、藿香、胆南星、滑石各2.5千克，炒白芥子1.5千克，六神曲1千克，茯苓1千克，共二十味，计64千克，共研为细末过罗。每6.4千克细末兑牛黄30克、麝香20克、冰片20克、朱砂100克、雄黄250克、琥珀150克。[①]
>
> **用法用量**：上为细末过罗，混合均匀，炼蜜为锭，重五分。金衣三十六开。每服一锭，每日一至三次，温开水送服，三岁以下儿童酌情递减。

我的童年、少年时期都居住在北京西单附近的一个大杂院，那时家家都比较贫穷。幸亏西单附近有几位老中医，为周围的民众排解疾病痛苦。例如大木仓有"捏脊冯"，哪家孩子有积食着凉，排队为孩子捏个脊，再拿一小包化积散回家服用，甚为有效，很受欢迎。化积散的主要成分是焦四仙（焦谷芽、焦麦芽、焦神曲、焦槟榔）加上生山楂、莱菔子、鸡内金等打成细粉，每次服6克，温开水或生姜水冲服，神效。我的学生苏杰将药粉做成蜜丸，给孩子大人服用，大受欢迎。

大木仓还有"痔疮白"，白克杰夫妇俩开痔疮门诊，门庭若市，俗话说"十人九痔"，他们采用结扎、枯痔疗法治疗内外痔。他们的女儿白蕊是我的同学。还有西单路口的儿科侯润先老大夫。20世纪60年代初春，我和我弟、妹三人同时患了急性黄疸型肝炎，眼巩膜及全身皮肤黄染，恶心呕吐不止。侯润先为我们兄妹三人开具了茵陈蒿汤，很快治愈。主要配方是茵陈20克、栀子15克、去皮大黄6克、金钱草15克、猪苓10克、竹茹15克、生姜3片。还有太平桥大街上的丰盛医院骨伤科，以手法复位、小夹板固定

[①] 此方仅供参考，部分药物来源为国家保护动物，请遵守相关法律规定。

治疗骨折骨伤，享誉华北。这些名老中医的医德和医术深深地影响、引导我的从医之路。

附

梅花点舌丹、紫金锭、活络丹、催生保命丹、催生汤

贾母送给刘姥姥的中成药有梅花点舌丹、紫金锭、活络丹、催生保命丹，在此分述如下：

梅花点舌丹配方来自清代的《疡医大全》，主要由白梅花、蟾酥、乳香、没药、血竭、冰片、朱砂、雄黄、石决明、硼砂、沉香、葶苈子、牛黄、熊胆、麝香、珍珠组成。以上药材共研细末，胆汁熬水泛丸。每瓶10粒。主治疔毒恶疮、痈疽发背、坚硬红肿、已溃未溃、无名肿毒等症。本药为有效之解毒止痛剂。凡痈疽疔毒，诸疮肿毒服之皆宜。

紫金锭配方出自宋代王璆的《是斋百一选方》，原名太乙紫金丹、玉枢丹。主治中暑时疫，脘腹胀闷疼痛、恶心呕吐、泄泻以及小儿痰厥。外敷治疗疔疮疖肿、虫咬损伤、无名肿毒，以及痄腮、丹毒、喉风等。有化痰开窍、辟秽解毒、消肿止痛的功效。

紫金锭的适应证范围比较广，其病机为感受秽恶痰浊之邪，肠胃气机闭塞，升降失常，以致脘腹胀闷疼痛，上吐下泻。在临床上为暑令感受秽恶痰浊之邪而致脘腹胀闷疼痛、吐泻的常用方子。舌象以润而不燥、苔厚腻或浊腻为证治要点。急性胃肠炎、食物中毒、痢疾等秽恶痰浊之邪引起者，均可应用。外敷亦可治疗皮肤及软组织急性化脓性感染疾病。

活络丹分为大活络丹和小活络丹两种。二者药物组成不同，功效不同，千万别用错。大活络丹的主要成分是蕲蛇、乌梢蛇、两头尖、乌药、藿香、

肉桂等。大活络丹不仅具有祛风散寒作用，还可以用于治疗各种关节炎、心脑血管病后遗症、神经系统疾病引起的瘫痪和行动不便等。大活络丹的使用范围较小活络丹更广些。服用大活络丹可能会出现恶心、呕吐、腹痛、口干、大便干结等消化道刺激性副作用，建议服用大活络丹时多饮水。

小活络丹的主要成分是胆南星、制川乌、草乌、没药、乳香、地龙等药物。小活络丹主要用于治疗风寒湿邪闭阻引起的关节疼痛、寒痛、刺痛、关节屈伸不良、麻木或痉挛。由于草乌、天南星都有一些毒性，建议在医生指导下服用小活络丹，不得擅自更改剂量，以免加重病情。

催生保命丹无具体来源，可能是作者杜撰，但类似的方子可参考催生汤。**催生汤**出自《世医得效方》卷十四。主治妊娠难产，痛阵尚疏，难产经两三日不生，胎死腹中；或产母气令委顿、产道干涩。配方为苍术100克、枳壳、桔梗、芍药、白芷、川芎、当归尾各50克，交趾桂、半夏、粉草、麻黄（去节）、军姜、厚朴、南木香、杏仁、白茯苓各25克。将以上药物研为末，每服10克，白蜜汤送服。

第十三章

林黛玉与燕窝冰糖粥

[原文]

【第四十五回，第623页第三段】这日宝钗来望他，因说起这病症来，宝钗道："这里走的几个太医虽都还好，只是你吃他们的药总不见效，不如再请一个高明的人来瞧一瞧，治好了岂不好？每年间闹一春一夏，又不老又不小，成什么？不是个常法。"黛玉道："不中用，我知道我这样病是不能好的了，且别说病，只论好的日子我是怎么形景，就可知了。"宝钗点头道："可正是这话。古人说'食谷者生'，你素日吃的竟不能添养精神气血，也不是好事。"黛玉叹道："'死生有命，富贵在天'，也不是人力可强的。今年比往年反觉又重了些似的。"说话之间，已咳嗽了两三次。宝钗道："昨儿我看你那药方上，人参肉桂觉得太多了。虽说益气补神，也不宜太热。依我说，先以平肝健胃为要，肝火一平，不能克土，胃气无病，饮食就可以养人了。每日早起拿上等燕窝一两，冰糖五钱，用银铫子熬出粥来，若吃惯了，比药还强，最是滋阴补气的。"

[中医药释读]

黛玉年方十五岁，虽多愁善感，但乃是血气方刚之年。御医多谄媚于权贵，少不了开参茸等名贵中药，给林黛玉的开具多为人参养荣类中药。人参肉桂乃是大热大补之药，林黛玉正是阳气旺盛的年龄，吃太燥热的药恐怕虚不受补。中医讲究五行相生或相克[①]，有此理论基础，指导临床用药。林黛玉素来多愁善感，肝气不舒，肝木克脾土，心情不好，自然影响食欲，食欲不佳自然气血不足，肺气欠佳。从人的情绪方面来讲，怒伤肝，忧思伤脾，悲伤肺，喜伤心，恐惊伤肾。

林黛玉思虑忧伤过度吃不下饭，即使勉强吃下饭，也消化不良。林黛玉身体虚弱，应通过疏肝健脾养肺气。燕窝是高级珍馐，富含丰富的水溶性蛋白质及多种微量元素，有美容养颜之功效，可以镇静安神、改善睡眠，还有滋阴润燥的作用，对于咳嗽、喘息、盗汗有一定的改善，更有益气补中、清虚热、治虚损的食疗功效。

冰糖是禾本科甘蔗属植物甘蔗茎中的液料制成白砂糖再煎炼而成的冰块状结晶，具有补中和胃、润肺止咳的功效，冰糖性温凉，可以改善脾胃虚弱，肺燥咳嗽。燕窝和冰糖是绝配，宝钗的选用是明智的。

笔者在五十多年的中西医医疗实践中，很是关注"上工治未病"。所谓"上工"，就是以预防为主，令患者不得病，少得病。寓药于食，先通过食疗防治疾病。中医药是药食同源的。中国最早的药学专著《神农本草经》将药物分为上品、中品、下品三大类。上品药"养命以应天，无毒，多服久服不伤人，轻身益气，不老延年"。"凡上品药，法宜久服，多则终身，少则数年。与五谷养人相佐，以臻寿老"。现代中国药典中有300多种中药既是药品，又是食品。大多数中药是中品药，基本无毒性。下品药有毒性，是少数。

[①] 中医的五行相生相克学说是重要的理论基础及施用指南。
具体是：肝木生心火，心火生脾土，脾土生肺金，肺金生肾水，肾水生肝木；天地之性，众胜寡，故水胜火。精胜坚，故火胜金。刚胜柔，故金胜木。专胜散，故木胜土。实胜虚，故土胜水。
至于相克是：肺金克肝木，肝木克脾土，脾土克肾水，肾水克心火，心火克肺金。

中医中药食是不分家的。在周朝，食官的俸禄是最高的。食官相当于主管君主饮食的营养师，根据君主的身体健康状况设计相应的具有疗效作用的食谱。中国现存最早的中医理论经典《黄帝内经》中，提出了食养的概念和原则，并列出不少保健食品的方剂。中国汉代医圣张仲景的《伤寒论》中，药食并用的处方达 200 多个。唐代大医学家孙思邈在其《千金要方》中首列《食疗》专篇，其中可供食疗的药物有 200 多种，并提出了"洞晓病源，知其所配，以食治之。食疗不愈，然后命药"。药食二者除同源外，还皆由同一中医药理论指导，可以说药食同理。金代《寿亲养志书》认为："水陆之物为饮食不管千百种，其五气五味冷热补性，亦皆禀于阴阳五行，与药无殊。"

中医学认为，若人机体阴阳偏盛、偏弱、偏衰，身体就会失健或患病。古代医学家根据食物的特性和作用加以总结，构建了食物的"性能"概念，建立了中医食疗和药疗的理论。这一理论与阴阳、五行、脏腑、经络、病因、病机、治则、治法等中医基础理论密不可分。自盛唐以后，食疗专著大增，如《食医心鉴》《食物本草》《养生食鉴》《食性本草》《饮膳正要》《食经》《随息居饮食谱》等，对后世食疗的研究和发展产生很大影响。无论是历代宫廷配方还是民间流传配方，有许多食之有效、食补胜于药补、食治胜于药治的中草药、山野菜或其配方，甚至一些疑难杂症，还有赖于食疗、食治。

第十四章

贾宝玉与七厘散

[原文]

【第四十八回，第663页第一段】（宝玉因石呆子的扇子之事，被父亲贾政打了）"老爷（贾政）拿着扇子问着二爷（宝玉）说：'人家怎么弄了来？'二爷只说了一句：'为这点子小事，弄得人坑家败业，也不算什么能为！'老爷听了就生了气，说二爷拿话堵老爷，因此这是第一件大的。这几日还有几件小的，我也记不清，所以都凑在一处，就打起来了。也没拉倒用板子棍子，就站着，不知拿什么混打一顿，脸上打破了两处。我们听姨太太这里有一种丸药，上棒疮的，姑娘快寻一丸子给我。"宝钗听了，忙命莺儿去要了一丸来与平儿。

[中医药释读]

宝钗给的损伤药很可能是七厘散，出自明代的《良方集腋》。

七厘散：血竭30克、乳香5克、没药5克、红花5克、麝香0.4克、冰片0.4克、朱砂4克、儿茶8克。方中诸药不宜多用，故有"七厘"之名；其性走蹿，孕妇忌用。

用法用量：此药芳香气外溢，宜密闭贮藏备用，口服每次2克，黄酒调服。外用伤处，可用酒调或香油调敷。

七厘散主治跌打损伤、瘀肿作痛，甚至筋断骨折，亦治刀伤出血，跌打损伤血络。若无伤口，血溢脉外，壅滞皮下组织，不通则痛，即呈肿痛；若有伤口，则血流不止；损伤过度，则呈筋断骨折，都是外伤所致。

本方展示了活血与止血同用的配方法度，提供了出血与瘀血并存的治疗范例，体现了对立矛盾在一定条件下的统一。举一反三，凡脑出血、眼底出血、产后恶露不止等证，都可仿此配方。此为伤科名方，既可内服，亦可外敷，对外伤瘀滞有较好疗效。本方加减对治疗瘀血阻滞的冠心病亦有一定效果，例如可加生黄芪 30 克、丹参 20 克、川芎 10 克、元胡 10 克等。

第十五章

晴雯与荆芥防风汤

[原文]

【第五十一回，第716页第二段】晴雯因方才一冷，如今一暖，不觉打了两个喷嚏。宝玉叹道："如何？到底伤了风了。"麝月笑道："他早起就嚷不受用，一日也没吃饭。他这会还不保养些，还要捉弄人。明儿病了，叫他自作自受。"宝玉问："头上可热？"晴雯嗽了两声，说道："不相干，那里这么娇嫩起来了。"说着，只听外间房中十锦格上的自鸣钟当当两声，外间值宿的老嬷嬷嗽了两声，因说道："姑娘们睡罢，明儿再说罢。"宝玉方悄悄的笑道："咱们别说话了，又惹他们说话。"说着，方大家睡了。

至次日起来，晴雯果觉有些鼻塞声重，懒怠动弹。宝玉道："快不要声张！太太知道，又叫你搬了家去养息。家去虽好，到底冷些，不如在这里。你就在里间屋里躺着，我叫人请了大夫，悄悄的从后门来瞧瞧就是了。"……

正说时，人回大夫来了。……那大夫诊了一回脉，起身到外间，向嬷嬷们说道："小姐的症是外感内滞，近日时气不好，竟算是个小伤寒。幸亏是小姐素日饮食有限，风寒也不大，不过是血气原弱，偶然沾带了些，吃两剂药疏散疏散就好了。"……

（大夫开了药方）宝玉看时，上面有紫苏、桔梗、防风、荆芥等药，后面又有枳实、麻黄。宝玉道："该死，该死，他拿着女孩们也像我们一样的治,如何使得!凭他有什么内滞,这枳实、麻黄如何禁得。谁请了来的?快打发他去罢!再请一个熟的来。"老婆子道:"用药好不好,我们不知道这理。如今再叫小厮去请王太医去倒容易,只是这大夫又不是告诉总管房请来的,这轿马钱是要给他的。"……宝玉道:"你只快叫茗烟再请王大夫去就是了。"婆子接了银子,自去料理。

一时茗烟果请了王太医来,诊了脉后,说的病症与前相仿,只是方上果真没有枳实、麻黄等药,倒有当归、陈皮、白芍等,药之分量较先也减了些。宝玉喜道:"这才是女孩儿们的药,虽然疏散,也不可太过。旧年我病了,却是伤寒内里饮食停滞,他瞧了,还说我禁不起麻黄、石膏、枳实等狼虎药。我和你们一比,我就如那野坟圈里长的几十年的一棵老杨树,你们就如秋天芸儿进我的那才开的白海棠,连我禁不起的药,你们如何禁得起。"……

说着,只见老婆子取了药来。宝玉命把煎药的银吊子找了出来,就命在火盆上煎。晴雯因说:"正经给他们茶房里煎去,弄得这屋里药气,如何使得。"宝玉道:"药气比一切的花香果子香都雅。神仙采药烧药,再者高人逸士采药治药,最妙的一件东西。这屋里我正想各色都齐了,就只少药香,如今恰好全了。"一面说,一面早命人煨上。

[中医药释读]

王大夫开给晴雯的药方可能是荆芥防风汤。

荆芥防风汤: 荆芥10克、防风12克、紫苏叶10克、桔梗6克、川芎6克、羌活6克、柴胡6克、前胡10克、㷊苦杏仁10克、陈皮6克、甘草3克。

荆芥防风汤的功效是疏风散寒清热，针对主要症状是怕冷（恶寒）发热（轻）无汗、头痛、身痛、鼻塞、流清涕、咳嗽、痰稀白的患者，适宜于治疗风寒感冒、普通感冒或流行性感冒。此方是治疗风寒外感比较温和的方剂。治疗风寒外感的代表方剂还有：表实证用麻黄汤（麻黄、桂枝、杏仁、甘草），表虚证用桂枝汤（桂枝、芍药、甘草、生姜），[①] 外感风寒夹湿者用苏羌达表汤（苏叶、防风、杏仁、羌活、白芷、苍术、橘红、茯苓皮、鲜生姜）。

晴雯为弱女子，女子以血肉为体。先请来的大夫用了麻黄、枳实之类的猛药，宝玉对这方子极不认可，认为不适合女孩。再看王太医开的方子有当归、白芍益血之药，理气用陈皮而不用枳实，宝玉是满意的。曹雪芹笔下的贾宝玉是懂一些中药功效的。在现实生活中，中老年外感风寒，用传统单一治风寒外邪的方法往往不奏效，不能一战成功，有时会是拉锯战，时而高烧、时而退烧，有时退烧，有时又反复。《伤寒论》说："血弱气尽，腠理开，邪气因入，与正气相搏，结于胁下。正邪分争，往来寒热，休作有时，默默不欲饮食。小柴胡汤主之。"

小柴胡汤：柴胡24克，黄芩、人参、半夏、炙甘草、生姜片各9克，大枣（掰开）4枚。水煎服。

柴胡性质轻，擅长疏散，可以让郁热散出去，而且不会伤人体正气。方中的半夏、生姜是健胃的，且有止呕的作用。甘草、大枣都是健脾胃、调和诸药的良药。此方的人参是大补气血、扶正的中心。

[①] 麻黄汤与桂枝汤详见本书第四章。

有人认为外感风寒时不能用人参，会留邪于内，这是错误的认识。如果治疗外感风寒一战成功，当然无须人参。如果因为正气不足，形成拉锯战，就会消耗患者更多元气，就必须尽快增强人体正气，用人参是最佳选择。古方"人参败毒散"就是治疗气虚感冒的。临床用小柴胡颗粒，年轻人可用成药，中老年还是抓两剂汤剂效果更好。

人参败毒散出自《太平惠民和剂局方》。该药用的是散剂，有益气解风寒之表证，散风祛湿的作用。临床用于治疗感受风寒之邪出现的头痛、脖子疼，而且出现恶寒、高热、壮热的病症，身体出现项痛、咳嗽、鼻塞、风痰影响呼吸，对于风寒之邪引起的恶心、呕吐、厌食也有效。

人参败毒散：柴胡、甘草、桔梗、人参、川芎、茯苓、枳壳、前胡、羌活、独活十味药各30克组成。

第十六章

晴雯余邪未尽：三分药七分养

[原文]

【第五十三回，第737页第一段】话说宝玉见晴雯将雀裘补完，已使的力尽神危，忙命小丫头子来替他捶着，彼此捶打了一会歇下。没一顿饭的工夫，天已大亮，且不出门，只叫快传大夫。一时王太医来了，诊了脉，疑惑说道："昨日已好了些，今日如何反虚微浮缩①起来，敢是吃多了饮食？不然就是劳了神思。外感却倒清了，这汗后失于调养，非同小可。"一面说，一面出去开药方进来。宝玉看时，已将疏散驱邪诸药减去了，倒添了茯苓、地黄、当归等益神养血之剂。

宝玉忙命人煎去，一面叹说："这怎么处！倘或有个好歹，都是我的罪孽。"晴雯睡在枕上嗐道："好大爷！你干你的去罢，那里就得痨病了。"宝玉无奈，只得去了，至下半天，说身上不好就回来了。晴雯此症虽重，幸亏他素习是个使力不使心的；再素习饮食清淡，饥饱无伤。这贾宅中的风俗秘法，无论上下，只一略有些伤风咳嗽，总以净饿为主，次则服药调养。故于前日一病时，净饿了两三日，又谨慎服药调治，如今劳碌了些，又加倍培养了几日，便渐渐的好了。近日园中姊妹皆各在房中吃饭，饮馔饮食亦便，宝玉自能变法要汤要羹调停，不必细说。

---

① 虚、微指脉细软无力，常见正气不足，气血虚极。浮、缩，初起病，浮阳于表，见浮脉正常，久病出现浮脉，说明阳气不能潜藏，阳气外泄，病情危重之象。

[中医药释读]

　　一般外感风寒，无论吃药与否，尤其是年轻人患病，3～5日大多痊愈，最多7日必好了。晴雯吃了王太医开的药，超过7日不但没好，还加重了，这期间，还闻了进口的鼻烟，刺激鼻腔嗅觉，通过打喷嚏，疏通呼吸道，排出痰毒。

　　曹雪芹说晴雯幸亏"素习是个使力不使心的"，显然不见得。晴雯病中因疑丫鬟坠儿偷了金玉镯，用利器乱戳她的手，痛斥坠儿的母亲，并呵斥将坠儿辞退，大动了肝火，又熬夜给宝玉修补了烧个小洞的孔雀裘。患外感或是患任何病后，医嘱第一条便是休息，充足的睡眠是提高抵抗力、免疫力最好的良药。晴雯没能好好休息，又生了一场气，病怎能好得来？另外，王太医用药保守，攻伐消散祛邪之药力不足，阴柔敛邪却有余。

　　其实宝玉口中那所谓的庸医用枳实是对的，也符合贾宅风俗秘法"以净饿为主"。枳实有清肠道之作用，符合釜底抽薪、邪去正自复的中医理念。20世纪70年代中期，著名生理学家、我的老师王志钧院士密授我此秘诀。我用此理论指导临床，效果甚佳，可惜我是位小人物，没引起重视，只有分享给有缘的患者领悟。

　　肥胖可认为是一种病，凡是肥胖者不能认定是健康的，很难长寿，百岁老人难觅肥胖者。人最宝贵的气血首先要保证心、脑、肾的血液供给，肥胖者多余的肥肉脂肪窃走了保命的气血，好钢没用在刀刃上。肠道菌丛的正常代谢功能也需要气血的濡养，而肠道的垃圾要及时清除，否则产生的毒气会被肠道再次吸收，进入血液，使血液不清洁，即所谓的"留盗于内"，人体怎能安全。肥胖与大便不畅是好伙伴，都危害人的机体。中医讲肺与大肠相表里，清肺毒疾患往往是通过畅通大便完成。贾府的"净饿为主"是有道理的，减少胃肠的消化负担，让有限的气血能保证人心、脑、肾等重要器官的供给。中医讲脾土生肺金。通过养胃健脾益肺气，例如肺结核等肺部、呼吸系统的疾病，使用的就是培土生金法。呼吸系统疾病患者大多食欲不佳，恶心纳呆，一定要戒寒凉油腻饮食，用生姜、小米煮的微咸的粥糜是最好的，没力气者再放 2～3 枚大枣一起熬粥喝较好。晴雯服药后仍生大气、熬大夜、没能用枳实清理肠道，所以病迁延。王太医后来去掉疏散耗气之药，加了茯苓、地黄、当归等健脾滋阴养血益神之药，晴雯的病才渐渐地好了。可见，三分药、七分养极重要。

第十七章

贾府除夕：屠苏酒、合欢汤、吉祥果、如意糕

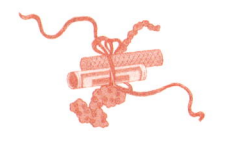

[原文]

【第五十三回，第747页第二段】当地火盆内焚着松柏香、百合草。贾母归了坐，老嬷嬷来回："老太太们来行礼。"贾母忙又起身要迎，只见两三个老妯娌已进来了。大家挽手，笑了一回，让了一回。吃茶去后，贾母只送至内仪门便回来，归正坐。贾敬贾赦等领诸子弟进来。贾母笑道："一年价难为你们，不行礼罢。"一面说着，一面男一起，女一起，一起一起俱行过了礼。左右两旁设下交椅，然后又按长幼挨次归坐受礼。两府男妇小斯丫鬟亦按差役上中下行礼毕，散押岁钱、荷包、金银锞，摆上合欢宴来。男东女西归坐，献屠苏酒、合欢汤、吉祥果、如意糕毕，贾母起身进内间更衣，众人方各散出。那晚各处佛堂灶王前焚香上供，王夫人正房院内设着天地纸马香供，大观园正门上也挑着大明角灯，两溜高照，各处皆有路灯。上下人等，皆打扮的花团锦簇，一夜人声嘈杂，语笑喧阗，爆竹起火，络绎不绝。

[中医药释读]

屠苏酒也称寿酒、岁酒、祈福酒。据说屠苏酒是汉代名医华佗创制而成的，后来人们于农历正月初一饮屠苏酒以避瘟疫成为汉族风俗。1985年7月7日，《健康报》第四版以"不辞最后饮屠苏"为标题，刊登了笔者提供的屠苏健身酒秘方的消息。报道摘录如下："屠苏酒相传为华佗发明，历

代医家葛洪、孙思邈、王焘等都对此酒有所论述。唐宋以来，不少诗人墨客对屠苏酒多有赞颂，唐代诗人卢照邻诗曰：'翡翠屠苏鹦鹉杯'，宋代大文豪苏轼诗曰：'但把穷愁博长健，不辞最后饮屠苏。'这种酒既能破散邪气、荡涤五脏六腑，开通经络血脉，又能益人气血阴阳、润泽周身，达到推陈致新的目的。"

屠苏酒：将肉桂22克、防风30克、菝葜15克和蜀椒、桔梗、大黄各17克以及炮制后的乌头5克、赤小豆14枚共打成粗末，装入绢袋中，春节前一日，将盛有药物的绢袋沉入井底，第二天正月初一早晨取药，浸入一瓶酒中，煮沸数次后饮用。或直接浸入500毫升白酒中一周后，倒入大肚小口杯中50毫升，先口吸鼻闻5～10分钟，再用30毫升酒含洗嗓子，留出20毫升最后喝掉。

合欢花是一味中药，有解郁安神、理气开胃、活络止痛的作用。合欢汤借合欢花讨了好的口彩：全家团圆吃团圆饭，饮屠苏酒，喝合欢汤，品吉祥果，尝如意糕，其乐融融，团圆幸福！

合欢汤：其实是个荤汤，用鸡汤熬制了猪肝、猪肺、猪肉，加入肉桂、白芷、丁香、香叶、大料等调料，快熬成汤时加上几朵绯红的合欢花，在沸汤中上下翻滚，看上去很喜庆。

吉祥果又叫火棘，主要在黄河以南和广大西南地区广泛种植，属于秋冬季节的时令水果。长得像红海棠，含糖量在10%以上，很香甜。吉祥果还有苹果、柚子、柿子、石榴、火龙果、桂圆等。

如意糕也叫如意凉糕，好看又好吃。

如意糕： 糯米粉400克、去壳芝麻100克炒熟、白糖200克、麻油50克、香精少许、红豆沙馅200克。在锅内放600克清水烧开，先放白糖、香精溶化，再徐徐倒入糯米粉，边倒边搅拌，待锅内起大泡时倒入40克麻油搅拌成熟离火。在一只方瓷盘上抹上余下麻油，再撒上一层芝麻，将熟面倒入，用不锈钢小刀抹平，刮上豆沙馅，顺着两边向中间卷，成两个圆筒相连的如意形，再撒上芝麻，改刀装盘。

第十八章

凤姐小产：乌鸡白凤丸、益母草膏、人参归脾丸

[原文]

【第五十五回，第769页第二段】刚将年事忙过，凤姐儿便小月（流产）了，在家一月，不能理事，天天两三个太医用药。凤姐儿自恃强壮，虽不出门，然筹画计算，想起什么事来，便命平儿去回王夫人，任人谏劝，他只不听。王夫人便觉失了膀臂，一人能有许多的精神？凡有了大事，自己主张；将家中琐碎之事，一应都暂令李纨协理。李纨是个尚德不尚才的，未免逞纵了下人。王夫人便命探春合同李纨裁处，只说过了一月，凤姐将息好了，仍交与他。谁知凤姐禀赋气血不足，兼年幼不知保养，平生争强斗智，心力更亏，故虽系小月，竟着实亏虚下来，一月之后，复添了下红（淋漓不尽）之症。他虽不肯说出来，众人看他面目黄瘦，便知失于调养。王夫人只令他好生服药调养，不令他操心。他自己也怕成了大症，遗笑于人，便想偷空调养，恨不得一时复旧如常。谁知一直服药调养到八、九月间，才渐渐的起复过来，下红也渐渐止了。此是后话。

[中医药释读]

女人怀孕，受精卵在子宫内安胎，胚胎基本需要100天才能安全地发育，这期间多种因素均可造成流产。例如胚胎发育畸形自然流产，是生物的自我保护所致；或者孕妇气血不足，固摄不住；或者情绪不佳，过于劳累，造成子宫过度收缩引起流产。怀孕100天内严禁性生活，否则刺激子宫兴奋收缩，易造成流产。如果妇女连续2～3次自然流产，称为习惯性流产。流产对于孕妇造成的伤害甚至大于正常生产。正常生产也可称瓜熟蒂落，是成年妇女的正常生理功能，当然也会消耗妇女大量的气血能量，产后急需大量的营养补充。需坐好月子，对母婴均要大力保护。流产后的子宫内膜要彻底脱落，创面才能尽快愈合。

凤姐流产的是第二胎，气血不如原来旺盛了，加之素来气血不足，平日争胜好强、劳累过度造成流产，并且子宫内膜脱落不干净，子宫内膜血管断面不愈合，气不足，血管收缩无力，血小板数量减少，凝血机能下降。流产后血流不断，阴道持续出血造成更大的气血不足，形成恶性循环。王太医施药半年多，我估计用的是乌鸡白凤丸、益母草膏、人参归脾丸之类的药，才使凤姐面黄肌瘦的状态，渐渐地调养过来，恐怕也伤了肾气，很难再怀孕了。

乌鸡白凤丸的配方及功效，出自《寿世保元》一书。乌鸡白凤丸的功效是补气养血、调经止带，主治气血两虚之月经不调、痛经、崩漏带下，腰膝酸软，产后体虚等。本方也可用于男子气血两虚证、慢性肝病等。产后，虚寒患者吃乌鸡滋补更有益。

乌鸡白凤丸：乌鸡去毛爪肠640克、鹿角胶128克、制鳖甲64克、煅牡蛎48克、桑螵蛸48克、人参128克、黄芪32克、当归144克、白芍128克、醋制香附128克、天冬64克、甘草32克、生地黄256克、熟地黄256克、川芎64克、银柴胡26克、丹参128克、山药128克、炒芡实64克、鹿角霜48克。炼蜜为丸，每丸6克，每次2丸，每日两次。或者按量煎服汤剂，药力更大些。

益母草膏中的益母草又称坤草、茺蔚、益母、月母草，为唇形科本草物益母草的全草。我国各地均有分布，常于5—6月间花期采收，割取全

第十八章 凤姐小产：乌鸡白凤丸、益母草膏、人参归脾丸

草，晒干、切碎，生用或制成制剂使用，在中医古籍中多有记载，最早见于《神农本草经》。益母草苦辛微寒，主入血分，活血祛瘀，调理月经，为妇科经产要药，总以活血化瘀调经止痛为用。具有祛瘀生新、活血调经、利尿消肿的功能。这里针对凤姐的病情，通因通用，用于其气滞气虚血瘀的月经不调、产后恶露不绝，月经量少、淋漓不尽、小产后出血时间过长，产后子宫复旧不全。也可配合药物流产使用，可以减少药物流产后的子宫出血，缩短流血时间，促进引产术后子宫复旧。

人参归脾丸具有益气补血、健脾养心的作用，用于心脾两虚、气血不足所致的心悸、怔忡、头晕目眩、面色不华、倦怠乏力，舌质淡，功能性子宫出血，血小板减少性紫癜等。现代医学还用其治疗白细胞减少症、儿童多动症、疲劳综合征、再生障碍性贫血、慢性结肠炎等。中医将其用于临症治疗脾不统血、妇女崩漏、量多色淡或淋漓不止。

人参归脾丸：人参5克，炒黄芪、炒酸枣仁、白术、当归、茯苓、龙眼肉、远志各10克，木香2克，炙甘草5克，大枣5枚，生姜3片（后下）。本方出自《正体类要》。

第十九章

贾府内的花：花的药用价值

[原文]

【第五十六回，第788页第一段】平儿忙去取笔砚来。他三人说道："这一个老祝妈是个妥当的，况他老头子和他儿子代代都是管打扫竹子，如今竟把这所有的竹子交与他。这一个老田妈本是种庄稼的，稻香村一带凡有菜蔬稻稗之类，虽是顽意儿，不必认真大治大耕，也须得他去，再一按时加些培植，岂不更好？"探春又笑道："可惜，蘅芜苑和怡红院这两处大地方竟没有出利息之物。"李纨忙笑道："蘅芜苑更利害。如今香料铺并大市大庙卖的各处香料香草儿，都不是这些东西？算起来比别的利息更大。怡红院别说别的，单只说春夏天一季玫瑰花，共下多少花？还有一带篱笆上蔷薇、月季、宝相、金银藤，单这没要紧的草花干了，卖到茶叶铺药铺去，也值几个钱。"

[中医药释读]

话说凤姐是贾府后勤总务的总管，因不幸流产后淋漓不尽虚弱至极，其日常工作也得有人接管才能正常运行。贾母、王夫人等领导指派探春协助李纨暂时替代凤姐的工作。谁知刚一上任，赵姨娘以为探春只是千金小姐，不如凤姐犀利，企图利用管理规则的弊端，争取额外获利。谁知探春并非等闲女流，顶住了赵姨娘等人的刁钻要求，并且改革了有弊端的规章制度，减少跑冒滴漏，调动主仆的主观能动性。例如管理府内花草林木、稻田种植、收获清理等是需要支出不少银两来运转的。探春对这些有益资源来了个现代管理学中的承包到户到人，多劳多得，不劳不得。人不中用，就换上能干的。这样可以省下原先必须支出的劳务银两，让劳动成果共享，使劳动者得大头，调动其积极性，产生更大收获，劳动者获大利，额外再给府上管理层上交一定比例的利润。管理层支出少一成，又多获利一成。更重要的是改善了主仆关系，盘活了资源，使主子们得到更多有益的实惠。例如贾府内有很多能观赏又能作药食的花，以前只能观赏，落败的花成了垃圾，现在开发利用其中可药食兼用的花当作食品、药用饮料茶充分利用。这就是管理智慧的结晶成果。

玫瑰花的功效我已在第九章介绍过了。

蔷薇[①] 性凉、味苦、涩，归胃、肝经。有清暑、养胃、活血止血、祛毒作用。主治暑热烦渴、消化不良、胃胀满、吐血、口疮，月经不调等。虚寒者忌服。

月季[②] 具有活血调经的功效，可用于治疗月经不调、白带异常、气血不足、经行不畅。也具有疏肝解郁作用，适于精神不畅、胸腹胀痛、善太息。还有行气止痛、缓解肺虚咳喘、筋骨疼痛等作用。月季可单独使用，也可和其他药配伍服用。但因其性温热，孕妇及月经量过多、血热血虚者忌用。

宝相[③] 具有疏风解表、驱寒除湿、散瘀止痛的作用。用于治疗上呼吸道感染、百日咳、伤寒，还可治疗风寒湿痹所致关节疼痛、颈椎病、肩周炎，以及用于女性产后恶露不尽及淤血腹痛，利于子宫恢复产前状态。也

[①] 蔷薇，别名多花蔷薇、蔓性蔷薇、墙蘼、刺蘼、刺莓苔、野蔷薇。
[②] 月季，别名月月红、月月花、长春花、四季花、胜春。四季开花，被称为花中皇后。一般为红色或粉色，偶有白色和黄色，既可观赏，又可药用。
[③] 宝相，亦称苹花、宝塔花、宝仙花，是蔷薇花的一种。

可以将花鲜品捣烂或绞汁涂擦治疗皮肤科疾患的湿疹、皮肤瘙痒等。

金银藤[①]，金花、银花、二花、忍冬花、双花、二宝花、双宝花等是其药材名称。金银花性甘寒，含有丰富的多糖、绿原酸、锰、锌、钛等活性成分，适当使用可以清热解毒、消炎退肿。可抑制病原体感染，用于治疗痈肿疔疮、喉痹、丹毒、风热感冒、温病发热、热毒咽痛、痢疾肠痈等。不能和辣椒、姜等辛热食物同用。

中药源于大自然，属于天然药物，来自产于水中或陆上的动物、植物、矿物。因大多数是植物，故也常称中草药。取自植物的枝干、茎、根、叶、花、果、子、皮等部位。大部分植物开花结果，也有不开花直接有果的，例如无花果。目前已载录的中药有上万种，而以花为药的有数百上千种。既可药用，又可食用的花有上百种。

花的药性一般是往上走，往外走，发散、清、散、升、化，常被称为芳香化浊。花一般是芳香、甜蜜的味道。除有人过敏外，受绝大多数人喜爱。例如花的药性歌诀：清暑止血食荷花，桂花暖胃又散寒。烫伤调经选月季，合欢花儿助君眠。长发香肌茉莉花，蜡梅止咳又散寒。七彩云南就是花卉的海洋，那里有盛名天下的百花宴，以花为媒，做成菜肴、糕点、饮料、酒，无花酒不成席。

[①] 这里所说的金银藤实际是金银花。是忍冬科属，多年生半常绿缠绕灌木，带叶的茎枝也叫忍冬藤、金银藤。藤上开的花常为黄色或白色。

第十九章　贾府内的花：花的药用价值

第二十章

贾宝玉痰迷心窍：祛邪守灵丹、开窍通神散

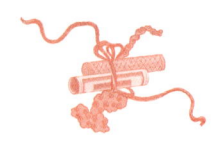

[原文]

【第五十七回，第801页第二段】晴雯见他呆呆的，一头热汗，满脸紫胀，忙拉他的手，一直到怡红院中。袭人见了这般，慌起来，只说时气所感，热汗被风扑了。无奈宝玉发热事犹小可，更觉两个眼珠儿直直的起来，口角边津液流出，皆不知觉。给他个枕头，他便睡下；扶他起来，他便坐着；倒了茶来，他便吃茶。众人见他这般，一时忙起来，又不敢造次去回贾母，先便差人出去请李嬷嬷。

【第804页第二段】一时人回大夫来了，贾母忙命快进来。王夫人、薛姨妈、宝钗等暂避里间，贾母便端坐在宝玉身旁。王太医进来见许多的人，忙上去请了贾母的安，拿了宝玉的手诊了一回。那紫鹃少不得低了头。王大夫也不解何意，起身说道："世兄这症乃是急痛迷心。古人曾云：'痰迷有别。有气血亏柔，饮食不能熔化痰迷者；有怒恼中痰裹而迷者；有急痛壅塞者。'此亦痰迷之症，系急痛所致，不过一时壅蔽，较诸痰迷似轻。"贾母道："你只说怕不怕，谁同你背药书呢。"王太医忙躬身笑说："不妨，不妨。"……贾母道："既如此，请到外面坐，开药方。若吃好了，我另预备好谢礼，叫他亲自捧来送去磕头；若耽误了，打发人去拆了太医院大堂。"

【第805页第二段】晚间宝玉稍安，贾母王夫人等方回房去。一夜还遣人来问讯几次。李奶母带领宋嬷嬷等几个年老人用心看守，紫鹃、袭人、晴雯等日夜相伴。有时宝玉睡去，必从梦中惊醒，不是哭了说黛玉已去，便是有人来接。每一惊时，必得紫鹃安慰一番方罢。彼时贾母又命将祛邪守灵丹及开窍通神散各样上方秘制诸药，按方饮服。次日服了王太医药，渐次好起来。……紫鹃自那日也着实后悔，如今日夜辛苦，并没有怨意。袭人等皆心安神定，因向紫鹃笑道："都是你闹的，还得你来治。也没见我们这呆子听了风就是雨，往后怎么好。"暂且按下。

[中医药释读]

根据曹雪芹所描述的患病原因、背景及症状，按现代医学分类，贾宝玉所患的病是心因性精神病。早在公元前3世纪，我国现存最早的医学巨著《黄帝内经》中已有关于精神病的记载，当时按症状将精神病分为癫、狂、痫等类别。"癫症"属阴属静，有呆的成分；"狂症"属阳属动，而"痫症"则和现代"癫痫"的概念类似。

王太医的诊断是急痛迷心，实则我认为是痰迷心窍。心窍与脑窍相通。这与贾宝玉的出身、遗传、家庭环境及性格有紧密关系。宝玉出生后，一直处在女性的特别呵护、娇惯之下，不与异性保持距离。

宝玉发病的直接导火索是他不拘小节，用手触摸紫鹃身体，被紫鹃数落了一下，还说林黛玉要回苏州老家。宝玉信以为真，心神不安，内心情绪强烈冲撞，且坐在林间石头上几个小时，凉风习习，加之脾胃虚弱、体质不强，眼流泪心流血，心因性精神崩溃，身不由己，于是两眼直直，口角流涎，被动起卧，不知吃喝拉撒。

王太医可能开具了礞石滚痰丸方剂，另有贾母将府中珍藏秘方祛邪守灵丹、开窍通神散依次给贾宝玉服用，加之心理疏导、精心照料，贾宝玉的急性精神病渐渐地好了。

古方养生：《红楼梦》中的药膳与中医药知识

> **礞石滚痰丸**：煅金礞石 100 克、黄芩 30 克、熟大黄 30 克、沉香 30 克共研细末，水泛为丸。一次 6~12 克，每日一次。或根据病情服用汤剂，调整剂量饮用。

药性分析：熟大黄苦寒直降，荡涤积滞，祛热下行，为君药；黄芩苦寒清肺，为臣；礞石攻逐顽痰，为佐；沉香疏畅气机，为诸药开导，引痰易于下行，故为使药。诸药合用，共奏降火逐痰之效。本药的功效是降火逐痰。适用病症为痰火扰心所致的癫狂惊悸或喘咳痰稠、大便秘结。以此方剂作治疗贾宝玉之病的开山之石，再依次使用后面的方剂，根据病情酌情加减。

20 世纪 80 年代初期，笔者在北京新华印刷厂当厂医时治疗过一例类似病例。活版车间主任黑世民师傅请我到新文化街附近的家中为他母亲出诊。黑师傅的母亲住在小院的西屋，平时寡言少语，一日突然发觉屋对面的房顶似有"鬼"日夜窥视她的一举一动，遂把门窗紧闭。她从早到晚把整个门窗用布帘封严，密不见光，仍是坐卧不安，不吃不喝、一惊一乍，十分害怕。虽然以前我给她看过病，可她见到我却目光呆滞，毫无表情。号脉见滑动数，舌暗紫苔黄腻厚，厌食恶心，五日未解大便，我便使用礞石滚痰丸加减为：锻礞石 30 克（先下），天竺黄 15 克（先下）、清半夏 10 克、黄芩 15 克、石菖蒲 10 克、熟大黄 20 克（后下）、竹茹 15 克、丝瓜络 15 克、郁金 10 克、沉香面 2 克（用药汁冲服）。服药后次日，大便排到便盆水中，犹如油香蕉在水中不融化，舌苔黄厚腻消失，脉显滑缓，病人见我打招呼，认出我来了，能喝小米粥等少量饭食，不怕"鬼"了。

至于**祛邪守灵丹**，曹雪芹在书中并没有列出方剂药名单。中医认为邪祛正自复，祛邪守正，守灵在这里指守灵魂，即守心、脑。根据贾宝玉的病症及我的临床实践或者考证，猜测所拟其配方为：虎头骨100克，白茯苓、白芍药、鬼箭羽、白蒺藜、甘松各30克，川芎、皂荚各20克，丁香10克，细辛5克，麝香3克，朱砂为丹药之衣。本方有祛邪、涤痰、开郁、守正、镇惊、安神之功效。每服6克，每日一次陈皮水送服。而紫鹃对宝玉的病解说最为精妙，说宝玉是心病，心病须用心药来解。

> **开窍通神散**：麝香50克、闹羊花200克、灯芯草炭1000克、蟾酥120克、锻硼砂250克、细辛130克、荆芥炭250克、猪牙皂150克、冰片280克。九味药分别研成细粉，灯芯草炭过5号筛，其余八味药过6号筛，最后混合均匀。此开窍通神散外用搽抹到鼻黏膜或通过鼻吸其味道，不可入口服。

此药外用芳香开窍，避秽醒脑，可治关窍不通、气闭昏厥、神志不清、四肢厥冷。人的七窍是指双眼、双耳、双鼻孔和口，所谓七窍出血就是指这七窍都流血，七窍出血是人将亡之危象。九窍是指男性七窍加尿道、肛门。十窍是指女性七窍加尿道、阴道、肛门。开窍通神散中的开窍是指开心窍。心窍通脑窍，通心脑之神。心为五脏之君主，故称心为君主之官，心脑相通。

附

精神病学简述

精神疾病的病因很复杂，既有躯体的生理因素、病理因素、心理因素、遗传因素等，也有社会因素，包括地域、种族、宗教、信仰等因素。

目前，国内对精神疾病还没有统一的分类方法，笔者将临床较常见的7种精神疾病简述如下：

1.由上文所述的贾宝玉那种心因性精神障碍，亦称反应性精神病或称心因反应症。是由于急剧或持久的精神因素（如突然意外的事件或忧虑、恐惧等各种思想矛盾）所引起的一种精神病。特点是精神症状（思维、情感、行为的障碍）与诱发刺激因素相关，情绪色彩鲜明，没有脱离现实的行为，而且自知力是完整的。一般病程较短，预后良好。临床表现形式多样：有的表现运动性兴奋（如情绪激动、吵闹、狂笑）。有的表现精神运动性抑制（如呆滞不动、不语、表情淡漠，甚至呈木僵状态），也有的逐渐发生精神异常（情绪抑郁、低沉或敏感多疑并有被迫害妄想）。

2.**症状性精神障碍**：指某些疾患伴发的精神障碍，此时，精神症状又是该病临床表现的一部分。引起本病的常见原因有感染中毒（如患脑炎、脑膜炎、流感、疟疾、败血症；一氧化碳、氯霉素、卡那霉素、合霉素、莨菪碱类、阿的平等药的中毒）、内脏疾病（心、肺、肝、肾等脏器严重的功能障碍）、内分泌功能失调（如甲状腺功能亢进或低下）、高血压病、脑动脉硬化以及各种原因所致的缺氧、代谢障碍。常见的精神症状有谵妄、昏迷、记忆及智能障碍等。

3.**躁狂抑郁性精神病**：主要临床表现在于情感反应过度抑郁（情绪低落、思维迟钝、动作减少），但思维、情感、行为是协调的。在同一病人身上兴奋与抑郁都可以间歇交替反复发作，但也可以以一种状态为主反复发作。

4.**更年期精神病**：发病在更年期（女性多在40～50岁、男性多在50～60岁）。当由壮年过渡到老年时，人体各器官逐渐发生衰退，其中尤以性腺功能退化更为显著，整个内分泌系统和中枢神经系统功能处于不稳定状态。在此基础上若遭受沉重的精神创伤，或长期情绪紧张，以及某些慢性疾患，就容易诱发本病。临床表现以焦虑、抑郁、多疑和身体各种不适感为主。

5. 老年性精神病：随着社会老龄化，寿命延长而伴发生。以前的人大多数活不到老年，该病或肿瘤病来不及发生，就死掉了。例如中国历代加起来共有400多位皇帝，平均年龄不到40岁，可以说大部分是来不及患癌就死掉了。

老年性精神病的病因多为脑动脉硬化、脑缺血、缺氧及代谢障碍，引起脑组织萎缩、发生智能减退、性格改变及精神障碍。在老年性精神病中，较为常见的是老年性痴呆和动脉硬化性精神障碍。现在的中国老年社会，有一定特殊性，例如当今的老年人很多只有一个孩子，还有一部分老年人的独生子女早亡或者没有子女亲人照顾。不少老年人的老伴先死亡，孤独状态加重，增加了老年性精神病患病率。缺失与子女的交流、关怀、亲情的呵护，像秋风扫落叶一样的凄凉与无助。

社会保障机制亟待加强，老年性精神病发病率越来越高。该病发病徐缓，病程漫长，稳定期与加重期螺旋交替上升，主要表现为老小孩状态、自私自我、思维破裂、情感障碍、幻觉妄想等症状，可导致突发行为改变。甚至会突然出现自杀、自伤、他杀、冲动、出走、无自知力等精神失常症状。服药或生活调理是必要的，人文关怀、心理疏导、音乐疗法、体育疗法等更重要。

6. 精神分裂症：最常见的以思维破裂为主要表现的一种精神疾病。发病群体多是青壮年。其主要临床特点是：思维、情感和行为互不协调，联想散漫，情绪淡漠，言行怪异，脱离现实等。关于该病的病因，在长期的临床与实验研究的基础上曾提出过感染、遗传、内分泌失调、代谢障碍和自体中毒等因素可能与本病的发生有关，近年来，又有人提出是间脑功能

障碍的影响。另外，据临床观察，不少患者的发病常由于不能正确客观对待某些客观事物，引起思想斗争的激化和长期的郁闷不解，而促使本病的发生。临床主要表现以下三个方面：

（1）思维破裂：这是该病的典型症状，思考问题时没有中心，第一个念头和第二个念头之间缺乏任何联系，患者讲话前言不搭后语，颠三倒四，语无伦次，有时言语突然中断。有的病人急性发作时整日叫喊不停，独自对空气说话，讲话不成句子，有时表现一声不吭，百问不答，没反应。写信或文章杂乱无章法，别人看不懂，莫名其妙。

（2）情感障碍：患者可能很早就出现情感变化，对亲人疏远、冷淡，甚至敌对；对环境中的一切事物表现冷淡，漠不关心，常整天闷坐在家里，胡思乱想；有的病人外表看起来好像很懒，不理发、不刮脸，衣服实际很脏而自己认为还很干净。情感有时很反常，例如无关紧要的小事，可以使他极为愤怒、大动干戈；但对于一件很大的事，他却无动于衷。

（3）幻觉妄想：幻觉中以幻听为多，如似乎听到空中或房上有人对他讲话，或听到一些人议论他，行为常受到幻觉影响，甚至服从幻觉的命令做出一些危险的行动来。妄想的内容稀奇古怪，有的坚信饭菜内有人放毒药，怀疑别人咳嗽、吐痰、抓头等行为是针对自己而来，还有的病人感到自己的思想、行为、身体受到电波、超声波、电脑的控制等。

7. 神经官能症：由精神因素引起的中枢神经系统功能暂时失调的一组疾病。客观检查无异常体征、神经组织也无器质性病变，是一种神经功能性疾患。临床常见的神经官能症包括神经衰弱、癔症两大类。

神经衰弱主要表现为焦虑症或抑郁症，侧重一方面，或者两者交替出现，主要由于神经系统兴奋或抑制过程失调。常见症状有头晕、脑涨、失眠、多梦、记忆力减退、注意力不持久、工作效率低、烦躁易怒、疲乏无力、阳痿、性冷淡、全身不适、怕光、怕声、眼花、耳鸣等伴有一系列自主神经功能紊乱。如在心血管功能方面有心悸、皮肤潮热、手足发凉、发绀等；在呼吸功能方面有呼吸急促、气短或不畅、善太息等；在胃肠功能方面有食欲不振、消化不良、腹胀脘满、便秘或腹泻；在泌尿生殖功能方面表现尿频、月经不调、遗精过多等。焦虑症或抑郁症甚至可能会出现自杀或他杀念头或行动。值得警惕的是，神经衰弱的症状也可以出现在某些器质性疾病中，如高血压病、糖尿病、肝炎、肾炎等内脏疾患；出现甲状腺功能亢进或低下等内分泌、风湿病疾患；贫血、维生素缺乏等营养障碍；结核病等慢性传染病、脑外伤、脑肿瘤、脑动脉硬化、脑梗死等颅脑疾患以及五官疾患眩晕、耳鸣、脑鸣等症状。

癔症好发于青年女性，是由于精神刺激引起大脑皮质暂时性功能失调的一种疾病。惊吓、恐惧、失望、忧虑等刺激因素不可小视。临床症状呈多种多样，多呈发作性，有运动、感觉、自主神经及精神障碍等方面的临床表现。

（1）运动障碍的症状：表现为肢体的运动功能增强、减退或消失的症状。如类似癫痫样抽搐、震颤、肢体麻痹（单瘫、截瘫、偏瘫），奇特步态（如剪刀状步态）等，但检查时引不出病理反射，例如瘫痪病人没有腱反射改变。

（2）感觉障碍的症状：可出现皮肤感觉过敏、减退或消失，呈手套或袜子形分布。感觉障碍的部位与神经末梢正常分布情况不符；正常与病变部位间界线异常整齐分明。当触及感觉过敏区时，病人流露出疼痛难忍的表情。"癔症球"患者感觉下腹部有一气球状物，逐渐上冲，阻塞胃部、咽喉，因而发生呃逆、堵闷及窒息感。此外，患者还可出现耳聋、失明、失声等症状，但这种耳聋病人能在睡眠中被叫醒，失声者能咳出声音。

（3）自主神经症状：常见有神经性呕吐、厌食、尿频、假孕等症状。

D. 精神症状：发作时常见的症状有大哭大笑、大喊大吵、乱说乱唱、手舞足蹈，常有装模作样的表演。可通过夸张的动作或生动的表情，把内心的不愉快事情说唱出来，在人多的场合发作更突出。有时情感激动突然倒地，呼唤不应，全身僵直，四肢抖动，呼吸或呈屏气或过度喘气，发作可持续几十分钟或几小时。俗称撒癔症，走火入魔。

　　目前精神病或类精神病达400多种。在写本书之前，我曾向当代著名的心理学、精神病学专家教授梅建、张坚学、李建茹等学者咨询，我国目前有多少精神病患者，他们均说无可奉告。

第二十一章

史湘云得杏癍癣：蔷薇硝及口服剂

[原文]

【第五十九回，第831页第二段】一日清晓，宝钗春困已醒，搴帷下榻，微觉轻寒，启户视之，见园中土润苔青，原来五更时落了几点微雨。于是唤起湘云等人来，一面梳洗，湘云因说两腮作痒，恐又犯了杏癍癣，因问宝钗要些蔷薇硝来。宝钗道："前儿剩的都给了妹子。"因说："颦儿配了许多，我正要和他要些，因今年竟没发痒，就忘了。"因命莺儿去取些来。

[中医药释读]

史湘云所患杏癍癣应为所谓的桃花癣，是一种原因不明的慢性皮肤病，归糠疹，多指白色糠疹或玫瑰糠疹，是自限性皮肤病，多见于青壮年，可能与病毒过敏有关。多发生于春秋季节，花粉播散时刻，分为斑片型或丘疹斑片型。皮疹可发生在颈部或上肢、下肢部位，出现一片圆形或椭圆形玫瑰红斑片，上有细薄的鳞屑，直径约1～2厘米，轻度发痒。也有人剧痒、心烦不安。一般1～2月内可自愈，也有持续半年以上的。

严格地说，杏癍癣并不是严格意义的癣，它与真菌、霉菌毫无关系。俗话说，"内病不治喘，外病不治癣"，是指临床上这两类疾病最难治。所谓的外病不治癣，是广义的癣，代表皮肤病一大类。皮肤病详细分类太繁杂，皮肤病也包括皮肤性病，这一种最为复杂。

书中说林黛玉配的蔷薇硝，实际是由牵牛子[①]和银硝组成。牵牛子味苦、性辛寒、有毒；入肺、肾、大肠、小肠四经；有泄水消肿、祛痰逐饮、泻下通便、杀虫攻积的功效。所谓的银硝就是芒硝[②]，性味辛、苦、咸、寒，入肺、大肠、胃、小肠、三焦、肝、脾、肾八经。功效主治：软坚泻下、清热除湿、破血通经、消肿疗疮。

古籍记载牵牛子的枝可治秃发、叶外敷可生肌收口，牵牛子能清暑、和胃、止血，小量外用能润泽肌肤、去发腻油。牵牛子和芒硝打成粉面用香油调敷患处，确实有效。

曹雪芹只介绍了治疗杏癍癣的外用方，那么有无口服中药治疗以减轻症状的呢？中医临床可辨证施治。例如一般症状可用紫草 50 克，每日一剂，服用 7～10 天。红斑较重者可加用生地 100 克。剧痒、口干、心烦不安、怕热，用紫草加过敏煎，银柴胡 10 克、地骨皮 15 克、防风 10 克、甘草 10 克、乌梅 10 克、徐长卿 10 克。如果脾胃虚寒、湿重如裹，可用土茯苓 15 克、姜半夏 10 克、苍术 15 克、陈皮 10 克、蛇床子 5 克、地肤子 10 克。西药外用可用炉甘石洗剂、氧化锌软膏。中药外用推荐使用苗药肤痔清，不仅治疗内外痔、妇科炎症，对湿疹、蚊虫叮咬、烫伤效果也不错。

说起芒硝，我想起治愈血癌白血病的一个病例。2000 年，我三婶的外甥女赵小燕，那年 12 岁，患有急性白血病，在儿童医院治疗了好几个月，没钱住院继续治疗，最后找到正在出诊的我。赵小燕剃光了头，面色苍白无光泽，气息奄奄。她爸说实在没钱治疗了，请我开中药一搏，死马当活马医，治死了不找我麻烦。那时医患关系尚有诚信基础，加上有三婶的亲

[①] 牵牛子是旋花科植物裂叶牵牛及圆叶牵牛的干燥种子。一年生缠绕性草质藤本。花期 6—9 月，果期 7—9 月。生于山野、田角或墙角、路边，也可栽培。

[②] 硫酸盐类矿物芒硝族芒硝经加工精制而成的结晶体，单斜晶系。形成于含钠离子和硫酸根离子饱和溶液的内陆盐湖中。

戚关系，以前我也和赵小燕家人见过面。这时我想起有用芒硝治疗白血病的医案报道，大胆地开具一个方子，重用生黄芪150克，使用芒硝10克，我反复叮嘱只服二三剂试一试，可能有风险。赵小燕的父亲一再表示，出任何事不会找我麻烦，领着赵小燕走了。此后很长时间没有音讯，我也忘记了此事。2018年我偶见三婶，突然想起问问赵小燕后来的情况。三婶说她吃了我的药后来好了，现在在一家医院当护士呢。我简直不敢相信我的耳朵，经过再三确认，赵小燕当了护士，结了婚还生了孩子。我与治疗过的病人大多没有联系，我当医生也没有什么专门宣传介绍，新旧患者不断，凭借的都是口碑。

第二十二章

贾宝玉与茯苓霜

[原文]

【第六十回，第850页第二段】柳家的忽见一群人来了，内中有钱槐，便推说不得闲，起身便走了。他哥嫂忙说："姑妈怎么不吃茶就走？倒难为姑妈记挂。"柳家的因笑道："只怕里面传饭，再闲了出来瞧侄子罢。"他嫂子因向抽屉内取了一个纸包出来，拿在手内送了柳家的出来，至墙角边递与柳家的，又笑道："这是你哥哥昨儿在门上该班儿，谁知这五日一班，竟偏冷淡，一个外财没发。只有昨儿有粤东的官儿来拜，送了上头（指宝玉）两小篓子茯苓霜。馀外给了门上人一篓作门礼，你哥哥（指五儿的哥哥）分了这些。这地方千年松柏最多，所以单取了这茯苓的精液和了药，不知怎么弄出这怪俊的白霜儿来。说第一用人乳和着，每日早起吃一钟，最补人的；第二用牛奶子；万不得，滚白水也好。我们想着，正宜外甥女儿也进去了。本来我要瞧瞧他去，给他带了去的，又想主子们不在家，各处严紧，我又没甚么差使，有要没紧跑些什么。况且这两日风声，闻得里头家反宅乱的，倘或沾带了倒值多的。姑娘来的正好，亲自带去罢。"

[中医药释读]

本回的题目"茉莉粉替去蔷薇硝，玫瑰露引来茯苓霜"，通过茉莉粉、蔷薇硝、玫瑰露、茯苓霜等当时的稀罕物，展示了贾府的主人公贾宝玉等人与贴身丫鬟及其他下人之间繁杂的人际关系，体现了当时的人间百态，活灵活现，与现代人几乎无异。这里面牵扯出的每个人均从不同利益关系出发，从而引发了剧烈冲突，还突出了贾宝玉的呆性，既善良，又想息事宁人。

就事论事，两篓茯苓霜原本是粤东的官儿专门送给贾宝玉的，为了使送给贾宝玉的两小篓茯苓霜顺利送达，另给看门人一篓算是答谢也好，贿赂也行。贾宝玉不知还有另外这一篓的事。其中五儿的哥哥作为门人也分得了一些茯苓霜，五儿从哥哥处得到了茯苓霜想讨好某人，阴差阳错引发了"冤假错案"。

茯苓[①]被列入《神农本草经》中的上品，药食同源，《本草纲目》释名"茯灵"，附松根而生，如抱根者，则称为"茯神"。产于河南商城、湖北麻城、安徽霍山和岳西、云南丽江及浙江等山区，以大别山脉为主要出产地。茯苓菌常寄生在森林地带，采伐后3～4年的赤松或马松的地下根上，形成菌核，大小不一也可人工培植，将松树干锯断后埋入土窖中，断面加活生茯苓菌核使之繁殖以生产茯苓。味甘、淡，性平；归入心、脾、肺、膀胱、三焦、胃六经；有渗湿利水、健脾和胃、宁心安神、强精益髓的功效。

附

菌菇的药膳价值

药食同源的菌菇有五大类、几百种，耳熟能详的有灵芝、紫芝、茯

[①] 指真菌纲担子菌亚纲多孔菌科植物茯苓菌的干燥菌核。

苓、猪苓、香菇（品种众多）、木耳、银耳、地耳、马勃、竹菌等。从营养学来讲，食用菌是绿色的保健食品，味道鲜美且具有独特的食疗保健作用，富含蛋白质、氨基酸，具有抗癌、延缓衰老、提高机体免疫等功效。美国人称蘑菇为"上帝的食品"，日本人称其为"植物食品的顶峰"，在中国，食用菌拥有"菜中之王""素食之冠""药中珍品"等美誉。

茯苓霜是茯苓的炮制升级品。古人对茯苓屡有赞述。西汉刘安《淮南子》中记载"千年之松，下有茯苓，上有菟丝"；南朝陶弘景《名医别录》中记载"茯苓、茯神，生泰山山谷大松之下，二、八月采"；东晋葛洪《神仙传》称"老松精气化为茯苓"。《神农本草经》将茯苓列为上品，称之"利小便，久服安魂养神，不饥延年"。陶弘景《本草经集注》记录："茯苓，白色者补，赤色者利。"孙思邈《枕中记》中说："茯苓久服，百日病除。"茯苓是医家常用的一味药材，张仲景《伤寒论》收载的113个处方中，使用茯苓的处方有40多个。许多著名中医方剂如四君子汤、六味地黄丸、金匮肾气丸、牛黄清心丸等方剂均有茯苓身影。

《红楼梦》中贾府之人对茯苓霜发出感叹："不知怎么弄出这怪俊的白霜儿来。"因茯苓粉色白如霜、质地细滑腻，故此得名。茯苓霜的炮制方法：将鲜茯苓去杂质、去皮，浸泡，蒸熟，为末，碾粉。茯苓霜具有滋补健脾、培补正气、养颜美容润肤之功效。

《红楼梦》对茯苓霜服用方法有详细介绍，可用人乳和匀，每日早起吃一盅，是最补人的；也可用羊奶调服，较易得；实在不行，用滚白开水冲服也很不错。历史上，茯苓的药用有着悠久的历史，大禹治水时，以茯苓为粮充饥，治愈工匠的肠胃疾患；贾岛自述"二十年中饵茯苓"；苏东坡用茯苓、芝麻治疗痔疮；苏辙著《服茯苓赋并引》称赞茯苓治疗疾病之神效；成吉思汗用茯苓治疗众多官兵风湿之患；慈禧太后长年食用养生保健之"茯苓饼"。现在茯苓饼成为北京糕点中的一种美食。茯苓饼主要由茯苓细粉、米粉、白糖为主要原料，也可以辅以全麦粉、荞麦粉或者加上各种馅料，例如加上芝麻、果仁等。酥脆可口，营养丰富，益气利湿，美容利神。

第二十三章

史湘云醉酒：醒酒石

[原文]

【第六十二回，第876页第三段】正说着，只见一个小丫头笑嘻嘻的走来："姑娘们快瞧云姑娘去，吃醉了图凉快，在山子后头一块青板石凳上睡着了。"众人听说，都笑道："快别吵嚷。"说着，都走来看时，果见湘云卧于山石僻处一个石凳子上，业经香梦沉酣，四面芍药花飞了一身，满头脸衣襟上皆是红香散乱，手中的扇子在地下，也半被落花埋了，一群蜂蝶闹穰穰的围着他，又用鲛帕包了一包芍药花瓣枕着。众人看了，又是爱，又是笑，忙上来推唤挽扶。湘云口内犹作睡语说酒令，唧唧嘟嘟说：

泉香而酒洌，玉盌盛来琥珀光，直饮到梅梢月上，醉扶归，却为宜会亲友。

众人笑推他，说道："快醒醒儿吃饭去，这潮凳上还睡出病来呢。"湘云慢启秋波，见了众人，低头看了一看自己，方知是醉了。原是来纳凉避静的，不觉的因多罚了两杯酒，娇娜不胜，便睡着了，心中反觉自愧。连忙起身扎挣着同人来至红香圃中，用过水，又吃了两盏酽茶。探春忙命将<u>醒酒石</u>拿来给他衔在口内，一时又命他喝了一些酸汤，方才觉得好了些。

[中医药释读]

曹雪芹笔下的美女、才女史湘云，即使酒喝醉了，醉得也那么优雅、漂亮。头枕花瓣、头脸衣襟上皆是红香散乱，蜂蝶闹嚷嚷地围着她，睡梦中仍唧唧嘟嘟地说酒令。当众人推醒做美梦的湘云，第一个镜头便是慢启秋波，美人的眼神像湛蓝的秋水一样灵动顾盼。

喝醉酒了，一般多喝水、酽茶、酸汤等，这些湘云也依次做了。探春往湘云口内放一块醒酒石，这是鲜见的解酒方法。那么醒酒石又是什么石头呢？据考证，这是产于云南大理点苍山的苍石，又称寒水石[1]。味苦、微甘，性平，入心、胃、肾三经，具有清热降火、凉血散瘀、升清降浊、清热利湿、消肿敛疮的功效。以寒水石为主，我提出了烦满消渴、小儿丹毒、牙齿内出血、烫火伤灼、热癫痫5个病症的验方。2022年12月，为了治疗几位感染新型冠状病毒，有高烧、咳嗽等病症的患者，其中年龄最小的30多岁，最大的93岁且高热达39.3℃，我使用了白虎汤的生石膏，另加寒水石，服了一剂药，患者便退去高烧，均转危为安。

附

说酒

无酒不成席。《红楼梦》第三十八回"林潇湘魁夺菊花诗，薛蘅芜讽和螃蟹咏"，提到了喝黄酒、烧酒、菊花酒等。曹雪芹在《红楼梦》中浓墨重彩地介绍了茶文化、酒文化、书画诗词等中国传统文化。我写这本书的初心是弘扬中医药文化，在写作中越发感觉药膳是中医药文化的重要内容，并且也是我追求的治未病的重要研究课题，于是才在书名中加上了副标题。天意安排，资深记者吕月华在2023年1月16日的《中华英才》杂志中，用两大整版报道《沈家祥：济世凭才学，传承借笔耕》，讲述了笔者研究药膳、药酒的经历，展示了笔者与中国酒文化的不解之缘。

---

[1] 寒水石是硫酸盐类矿物，现时药用寒水石有两种，即红石膏与方解石。红石膏是天然产的硫酸钙矿石；方解石为碳酸钙矿石，硬度为3，比重2.7。

20世纪80年代初、中期，时兴民主党派成员智力支边。1985年1月8日，农工党北京市委任命我为领队，带领食品酿造、纺织、农业、文艺方面的专家队伍，来到内蒙古巴彦淖尔市智力支边。我带领食品酿造专家熊子书、游红棣来到杭锦后旗的河套酒厂，解决生产的白酒有霉味的问题。我们深入生产第一线，发现是酿酒过程中的酿酒辅料玉米核贮存不当造成霉变问题。这个酒厂在新中国成立前就很有名，生产的河套白酒是抢手货，现在已经是整个内蒙古的利税大户。

本书作者与秦含章合影，摄于1986年（左为秦含章，右为沈家祥）

其后机缘巧合，我与当年的北京西郊葡萄酒厂姜文巨厂长、张法荣总工程师熟识，了解该厂闻名于世的桂花陈酒、莲花白酒等酒产品的生产工艺、生产流程。我也是北京食品学会、中国食品学会、首都营养保健美食学会的会员，深受刘仪初、索颖、于若木等营养学家的教诲，特别是得到了中国食品工业奠基人、酒界泰斗秦含章的点拨，获益匪浅。

白酒的发源地是中国，原来分为酱香型、浓香型、清香型三大类，后又新增凤香型、兼香型两类。中医学的医字是以酒起家的。"醫"是以酉字为底，意为酒居诸中药之首。少量饮酒，可活血化瘀，灭菌清毒，提振精气神。于若木老师告诫我，每天饮酒不要超过100毫升为好。

我年轻时是不饮酒的，后来当过记者，因与人交际离不开吃喝交流，就能喝点酒，曾经最多喝过一斤多，一般也就二三两[①]，至今没喝醉过。各

[①] 斤和两都是计量单位，1两等于50克，1斤等于500克。对于白酒等液体，其质量与体积关系取决于密度。以50度的白酒为例，密度约为0.9克/毫升，则1两白酒约为55.6毫升，1斤白酒约为555.6毫升。

种香型的酒都喝过，现在主要喝清香型汾酒和青海产的清香型青稞酒。青稞产于青藏高原，那里阳光充沛、空气清新，水土天然肥沃，有了好粮再加青藏高原三江水源的源头昆仑山的洁净水，酿出的酒真正实现了天地人合一的幸福感。

饮酒人难免饮醉，无论解酒方还是曹雪芹笔下的解酒石，都是权宜之计，什么都不能太过，适当最好。例如风寒暑湿燥火天象，正常就造福人类，太过就是灾难。又如喜怒忧思悲恐惊等七情六欲，正常拥有就是人生常态，太过了就是病态，轻则影响健康，重则要人命。饮酒也是，对酒精过敏者一定要远离。适量饮酒益于健康，过量饮酒危害健康。受欢迎的酒类不仅有纯白酒，还有以白酒为酒基的药酒、保健酒，此外还有米酒、黄酒、葡萄酒、各种果汁酒、外国洋酒，都是来自大自然的精华，不仅仅是饮料，还是益生酶、益生药。天生我材必有用。我研制的早期的清宫酒、屠苏健身酒及后来的香身琼浆酒、宫廷瓮头春酒等，曾被《人民日报》海外版、《光明日报》、《深圳特区报》、《中国食品报》、《健康报》、中央电视台、中央人民广播电台等多家媒体宣传报道过，以造福世人。我有我的解酒秘方，现公示于世，仅供参考。饮酒最好是适量，人的自律也是一种美德。

沈家祥解酒方： 葛根、石斛、寒水石、枳椇子、神曲、莱菔子、普洱茶、陈皮各等分，共研细末，用生姜水或竹茹水，每次冲服5克。

第二十四章

贾宝玉与普洱茶、女儿茶

[原文]

【第六十三回，第887页第二段】林之孝家的又问："宝二爷睡下了没有？"……宝玉靸了鞋，便迎出来，笑道："我还没睡呢。妈妈进来歇歇。"又叫："袭人倒茶来。"林之孝家的忙进来，笑说："还没睡？如今天长夜短了，该早些睡，明儿起的方早。不然到了明日起迟了，人笑话说不是个读书上学的公子了，倒像那起挑脚汉了。"说毕，又笑。宝玉忙笑道："妈妈说的是。我每日都睡的早，妈妈每日进来可都是我不知道的，已经睡了。今儿因吃了面怕停住食，所以多顽一会子。"林之孝家的又向袭人等笑说："该沏些个普洱茶吃。"袭人晴雯二人忙笑说："沏了一盏子女儿茶，已经吃过两碗了。大娘也尝一碗，都是现成的。"说着，晴雯便倒了一碗来。

[中医药释读]

林之孝家的负责贾府园内的巡查工作。巡查时已经入夜，到了该睡觉的时间。贾宝玉因当天过生日，吃的寿面等食物较平日多些，恐怕积食存食，林之孝家的提醒袭人、晴雯给宝玉喝些帮助消食的普洱茶。这普洱茶跟其他提神醒神的茶叶不同，不会影响睡眠质量。一般的茶喝后会精神振奋，临睡前四五个小时是不能喝的。林之孝家的建议睡前喝普洱茶帮助消食是对的。而袭人、晴雯给宝玉喝的是女儿茶，这里女儿茶出现在和普洱茶相同的语境，说明女儿茶也具备消食作用，并且也不会影响睡眠。

其实女儿茶和普洱茶不是同一茶种。女儿茶最早出现在明代《紫桃轩杂缀》中:"泰山无好茗,山中人摘青桐芽点饮,号女儿茶。"清代《泰山道里记》中也有类似记载:"泰山西麓扇子崖之北,山民多到此掘取桐芽,以法炮制,用泰山泉水冲饮,清香爽口。"因桐芽鲜嫩如少女,故得"女儿茶"佳名。女儿茶产自山东,而普洱茶产自茶叶之乡云南。七彩云南盛产鲜花和茶叶,茶马古道由此出发,途经西藏再到印度,中国茶文化由此走向了世界。

附

《红楼梦》茶话简述

茶叶是中国药食同源的典型代表。茶是饮食中饮的首席代表。茶[①]又是一味中药,性寒味苦、甘、辛,归心、肺、胃、肠、肝、肾六经,具有清利头目、除烦止渴、利尿、清热解毒、化痰、下气消食的功效,临床用其治疗癫痫、风热头痛、食积不化等病症。

茶叶是人们物质生活和精神生活中不可或缺的角色,而《红楼梦》可谓"一部红楼,满纸茶香",下面将书中有关茶的话题简述罗列如下:

1.《红楼梦》第三回中提到了饮茶习惯和风俗。黛玉与贾母、迎春、探春、惜春三姐妹见礼后,丫鬟们先后奉上了茶与茶果。喝茶配茶果的习俗在宋代就有记载,茶果包括坚果和精致的点心。为表达对客人的尊重和热情,茶和茶果点心都是现摆上来,等客人要离开的时候再撤下去。

[①] 通常说的茶是山茶科植物的芽叶,为常绿灌木,有时呈乔木状,高1~6米,多有分枝。花期10—11月,果实翌年成熟。原产中国南部山地。现在云南、四川、贵州、江苏、浙江、安徽、江西、湖南、湖北、陕西等地有大量栽培。

2. 甲戌本《红楼梦》第八回开篇诗描写茶的韵味："古鼎新烹凤髓[①]香，那堪翠斝贮琼浆。莫言绮縠无风韵，试看金娃对玉郎。"第一句以文学性手法描写喝茶方式，别有古雅意味。第二句揭示此回主要情节，即贾宝玉与薛宝钗的相处。

这一回还提到，薛姨妈疼爱宝玉，宝玉乳母李嬷嬷却横加阻拦，令宝玉十分不悦。宝玉回到怡红院后，又听说早上吩咐茜雪沏好的枫露茶被李嬷嬷喝了，大为光火，而此前，宝玉给晴雯留的豆腐皮包子被李嬷嬷拿给孙子吃了。或许枫露茶成了导火索，宝玉杀鸡儆猴，把茜雪撵出去了，引发一场风波。

关于这里的枫露茶，可能是曹雪芹的虚笔。从六大茶类特性推断枫露茶的种类的话，从汤色上看，可以排除绿茶、黄茶；红茶、乌龙茶也不会"三四次才出色"；普洱茶从工艺上判断可能性也小，推断可能是白茶。

曹雪芹写《红楼梦》时住在北京香山，其红叶久负盛名。贾宝玉前身是神瑛侍者，住在赤瑕宫，曹公给自己的居室命名绛芸轩，贾宝玉住在怡红院，都有着红色的意象。不排除曹雪芹曾把黄栌[②]叶当茶冲泡过的可能性。他精通中医药，应当知道黄栌叶有活血、化瘀、清热、解毒、养肝等功效，以"枫露"为茶命名，带有清冷忧伤的美感。

3. 曹雪芹笔下的一些民风民俗、婚丧嫁娶的仪式往往也与茶相关。例如第十四回，贾府为秦可卿治丧，多处提到待客奉茶，灵前供茶等礼俗；在第七十八回，宝玉祭奠晴雯时作的长文《芙蓉女儿诔》，以群花之蕊、冰鲛之縠、沁芳之泉、枫露之茗祭晴雯。曹雪芹在书中常用互为映衬和对比的笔法，贾珍给秦可卿办的葬礼极尽奢华，而贾宝玉祭晴雯时却极为简

[①] 宋代的龙团凤饼为贡茶，以银制模具压制。《宋茶名录》中有绿饼茶名为"青凤髓"，后人就以"凤髓"作为茶的代称。宋代蔡襄《茶录》、宋徽宗《茶论》对点茶的方法有详细记载。明清时不再流行点茶了。

[②] "西山红叶"的主要树种就是黄栌。

单,只摆上花、果和一杯清茶。

中国的茶文化渗透到各个阶层中,例如唐代文成公主入藏和亲,也带去了喝茶的习俗。《红楼梦》第二十五回描写的吃茶风俗,现在一些少数民族地区仍沿袭这一传统,男女见面之后,以吃茶和不吃茶判定两人是否彼此中意。

民国时期,殷实的家族联姻时,女方的陪嫁中一定要有大锡罐装的茶叶。

明代许次纾在《茶疏·考本》中说:"茶不移本,植必子生。"古人结婚,必以茶为礼,取其不移植之意,代表了古人从一而终的婚姻价值观。另外,茶果里会结多个茶籽,寓意多子多寿。

4.《红楼梦》第二十三回里,贾宝玉和众姐妹搬入大观园后,写了四首即事诗,其中夏、秋、冬三首都有关于茶的内容。

这些诗很有画面感,让人身临其境,写作手法比较意识流,有点像电影中蒙太奇的技法,让人体会到曹雪芹细腻的感知能力,读诗仿佛品尝一杯芳香细腻的茶汤。

其中,《秋夜即事》一诗中的"沉烟重拨索烹茶",描写了当时日常的饮茶活动。明代初期,民间喝茶的方式为煮茶法、点茶法和攒泡法并行。在明清诗词作品中,常见"烹茶"的说法。在这首诗中"烹茶"是茶事的泛称,并非特指煮茶方式。

5. 在三十八回里,宝钗帮助湘云办了一场家宴。在藕香榭的栏杆外放了两张易于搬动的竹案,上面置杯箸、酒具、茶具。宝钗特别配备了茶筅、茶盂等各色茶具。

贾母看到后特别说:"这茶想的到,且是地方,东西都干净。"于细微之处,能看到清代贵族日常生活的考究。

贾府日常使用的漆器很多,如洋漆茶盘、妙玉奉茶用的海棠花式雕漆

第二十四章 贾宝玉与普洱茶、女儿茶

填金云龙献寿小茶盘等，漆器在清代是非常珍罕的器物，不是一般人所能享用的。

6.《红楼梦》第四十一回是对于茶的描写里最浓墨重彩的，涉及茶、水、器三个基本内容，描摹极精妙。其中可见人的因素，即审美、见地、对茶的理解等，融进了丰富的茶文化。在这一回，贾母带刘姥姥逛大观园，借宝玉的视角，介绍了茶具之精美，对眼球很有冲击力。茶席藏着茶的各种调性、气质及风味的隐喻。通过茶和茶具之间的微妙关系，以表达所要泡的茶的意蕴。

这一回妙玉给诸位奉茶，贾母提到自己不吃六安茶，究其原因，主要是刚吃完寒凉的螃蟹。入秋之后，六安茶被视为凉茶。贾母深谙茶性及养生，妙玉也很懂茶、懂事，马上奉上的是老君眉茶。对于老君眉茶有多种说法，有说产自湖南的君山银针，有说产于福建的白茶寿眉，也有说是武夷岩茶。所以老君眉可能就是一个花名。

至于贾母为什么只吃了半杯茶就递给刘姥姥，两个人共用一个杯子，除了表示关系亲密外，送给晚辈喝剩的酒或茶，则有一种施予恩泽的意味。在第五十四回，正月的家宴上，王熙凤喝了贾母的半杯剩酒，笑称"讨老祖宗的寿"，而在这回里，把半盏茶递给刘姥姥喝，或因刘姥姥当时手中没有茶，除展现官宦人家的涵养外，也体现贾母怜老惜贫的宽厚之心。而从形式上跳出红尘的妙玉，嫌刘姥姥用过的成窑杯子不洁，尽管杯子特别珍贵，也不惜弃之门外。一方面，说明她个性张扬，另一方面，说明她修行并未做到世法平等。

明代以前，犀牛角是一种名贵药材，中医认为有镇静、清凉、解毒的功效。郑和下西洋后，通过海上丝绸之路，犀牛角大量流入中国，犀牛角雕刻技术迅速成熟。妙玉把这样一个具有保健功效的犀牛角杯子送给黛玉使用，一则出于对好友的关爱，也因犀牛角带有灵透之意。书里用"心较比干多一窍"来形容黛玉的个性，选犀角杯也有隐含之义。妙玉将自己日常吃茶的绿玉斗送给宝玉，此前也曾拿此杯招待过宝玉。妙玉给宝钗和黛玉喝茶的器具都是名器珍玩，却视宝玉为自己人，另眼相待，短短几字描写，道尽妙玉的心事及人情世故。

这里的情节是给贾母等人奉完茶之后，妙玉将黛玉、宝钗带至耳室喝梯己茶，不用单请宝玉，妙玉心知肚明宝玉一定会跟来。梯己茶是什么茶？会用什么茶具、什么水？依妙玉的心思和对茶的精究，留给了读者的想象空间。每个泡茶人都有不同的风格，如果脱离了天然意趣，没有与茶真心相对，则无法真正走进茶的世界。

在古代，除了饮用地表水和地下水之外，还有雨水、雪水，称为无根之水。那时的环境没有现代这样污染严重。古人对自然万物的辨识和感受能力很强。李时珍在《本草纲目》中，还将雨水和雪水当作一味中药。这里说妙玉用存放五年的梅花上的雪水煮茶，别出新意、诗意。明代屠隆说："雪为五谷之精，取以煎茶，幽人情况。"

古人认为，好的水是轻的，浮在上面，重的水或杂质多的水沉在下面，故使用时，只取上面的水。在二十三回的《冬夜即事》诗中："却喜侍儿知试茗，扫将新雪及时烹。"从此中看出，妙玉对茶、对水的讲究明显高于宝玉。

以雪水煮茶是古代文人之雅事，历史上留下诸多名词佳句。唐代白居易《吟元郎中白须诗兼饮雪水茶因题壁上》云："吟咏霜毛句，闲尝雪水茶。城中展眉处，只是有元家。"宋代苏轼《记梦回文二首》写道："酡颜玉碗捧纤纤，乱点余花唾碧衫。歌咽水云凝静院，梦惊松雪落空岩。""空花落尽酒倾缸，日上山融雪涨江。红焙浅瓯新火活，龙团小碾斗晴窗。"

南宋陆游爱以雪水烹茶，《建安雪》诗云："建溪官茶天下绝，香味欲全须小雪。"还有《雪后煎茶》："雪液清甘涨井泉，自携茶灶就烹煎。一毫

第二十四章 贾宝玉与普洱茶、女儿茶

无复关心事，不枉人间住百年。"清代杜芥《雪水茶》诗云："瓢勺生幽兴，檐楹桄瀑泉。倚窗方乞火，注瓮想经年。寒气销三夏，香光照九边。旗枪如欲战，莫使乱松烟。"

　　隆冬时节，窗外大雪纷飘之际，点火起炭，"竹炉汤沸火初红"，泡一盏红茶，汤色红艳如美酒，令人顿生"今夕何夕"之叹。可惜现今的雪水，苦涩不堪，由于污染，重金属超标。

第二十五章

贾母患太阳病

[原文]

【第六十四回，第917页第一段】贾珍因贾母才回家来，未得歇息，坐在此间，看着未免要伤心，遂再三求贾母回家；王夫人等亦再三相劝，贾母不得已，方回来了。果然年迈的人禁不住风霜伤感，至夜间便觉头闷目酸，鼻塞声重。连忙请了医生来诊脉下药，足足的忙乱了半夜一日。幸而发散的快，未曾传经，至三更天，些须发了点汗，脉静身凉，大家方放了心。至次日仍服药调理。

又过了数日，乃贾敬送殡之期，贾母犹未大愈，遂留宝玉在家侍奉。

[中医药释读]

贾母、王夫人等离开贾府外出，因贾敬去世回家奔丧。由于赶路途中劳累，且心焦如焚、年事已高，禁不住伤感，出现头闷目酸、鼻塞声重等症状。曹雪芹虽没写明诊断，但笔者认为，此是中医六经辨证中的太阳病，用的是第四章花袭人使用过的麻黄汤。"未曾传经"意思是说病情还没有恶化，贾母服药后"发了点汗、脉静身凉"，大有好转。但在给贾敬送殡之期，因劳累加之悲伤，贾母的病没有完全好起来，留下她最疼爱的宝玉在身边侍奉。

附

中医六经辨证与太阳病证治

六经辨证是中医诸多辨证方法之一。汉代张仲景所著《伤寒论》对外感疾病演变过程中的各种证候群进行综合分析，归纳其病变部位、寒热趋向、邪正盛衰，而将其区分为太阳、阳明、少阳、太阴、少阴、厥阴等六经病。此后几千年来，六经辨证成为有效指导中医学辨证施治的一种重要手段。六经病证是经络、脏腑病理变化的反映。其中，三阳病证是以六腑的病变为基础，三阴病证是以五脏的病变为基础。所以说六经病证基本上概括了脏、腑及十二经[①]的病变。六经辨证不仅可用于外感病的诊治，对内伤杂病和肿瘤病的论治同样有指导意义。

太阳病证治：

1.临床表现。《伤寒论》中说："太阳之为病，脉浮，头项强痛而恶寒。""太阳病，发热汗出，恶风，脉缓者，名为中风[②]。""太阳病，或已发热或未发热，必恶寒、体痛呕逆，脉阴阳俱紧者，名为伤寒[③]。"凡出现发热、恶寒、头痛、项强、脉浮等病证，就叫太阳病。而太阳病又分为经证和腑证两类。经证是邪在肌表的病变，腑证是太阳经邪不解而内传于膀胱所引起的病变。曹雪芹强调了贾母"未曾传经"，说明病邪仅停

[①] 十二经经络及流注次序是：从手太阴肺经开始，依次传至手阳明大肠经、足阳明胃经、足太阴脾经、手少阴心经、手太阳小肠经、足太阳膀胱经、足少阴肾经、手厥阴心包经、手少阳三焦经、足少阳胆经、足厥阴肝经，再回到手太阴肺经。其走向和交接规律是：手之三阴经从胸走手，在手指末端交手三阳经；手三阳经从手走头，在头面部交足三阳经；足之三阳经从头走足，在足趾末端交足三阴经；足之三阴经从足走腹，在胸腹交手三阴经。除十二经络外，人体还有主一身之阳的督脉、主一身之阴的任脉以及冲脉、带脉、阴维脉、阳维脉、阴跷脉、阳跷脉等奇经八脉。

[②] 此处的中风非半身不遂所致的大中风。中风一词在中医里涵盖的内容很丰富，血虚则生风。颜面神经麻痹所致的面瘫，也可称小中风。

[③] 此处的伤寒非伤寒病毒所致的伤寒病。

留在太阳经。

2.病理机制。

（1）太阳经证分为三种类型：

①其人营卫不和，卫失固外开阖之权，肌表疏泄者为中风[1]。

②其人卫阳被遏，营卫郁滞不通，肌表致密者为伤寒。

③其人外受温邪，津伤内热者为温病。

中风：发热，汗出，恶风，脉缓（表虚证）。桂枝汤主之。

伤寒：发热，无汗，恶寒，脉紧，体痛（表实证）。麻黄汤主之。

温病：发热，口渴，不恶寒（表热证）。荆防解表汤主之。

荆防解表汤：荆芥、防风、苏叶、杏仁、陈皮各6克，茯苓、神曲各9克，白芷3克，生姜2片，大葱段2厘米。

（2）太阳腑证分为两种类型：

①邪气内入膀胱，使膀胱气化功能失调，以致气结水停，小便不利，为蓄水证。表现为发热恶风、小便不利、消渴、入水则吐，脉浮数。

②热结下焦，瘀血不行，以致鞕满如狂，小便自利，为蓄血证。表现为少腹急结或鞕满，如狂发狂，小便自利，身体发黄，脉沉结。

鉴别要点及治法：蓄水证是邪入膀胱气分，故只有小便不利而无神志症状。蓄血证是邪入膀胱血分，致有神志症状而无小便不利。蓄水证用五苓散（茯苓、猪苓、桂枝、泽泻、白术），蓄血证用桃仁承气汤（桃仁、大黄、枳实、厚朴），太阳病兼证治法本文不叙[2]。

---

[1] 此处的中风即伤风，不是脑梗死或脑出血。
[2] 此处仅考证贾母所患太阳病，六经辨证的余下阳明病证治、少阳病证治、太阴病证治、厥阴病证治、少阴病证治等证治本书不叙。

中医辨证方法除了六经辨证外，还有病因辨证、气血津液辨证、经络辨证、脏腑辨证、卫气营血辨证、三焦辨证。现代由于经方的兴起，体检时还增加了体质辨证，是根据人的体质，分为气虚、阳虚、肝郁、血瘀、寒性、痰湿、湿热型体质，可以作为脏腑辨证的一种补充。其中，病因辨证是侧重于从病因的角度去辨别症候，是外感病辨证的基础。而脏腑辨证主要适用于内科杂病的诊断和治疗，是各种辨证方法的基础。六经辨证和卫气营血辨证、三焦辨证主要适用于伤寒、温病的诊断和治疗。经络与气血津液辨证，和脏腑辨证是相互联系的、相互补充的一种辨证方法。

第二十六章

薛蟠水土不服：越鞠丸和藿香正气汤

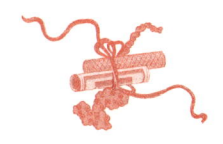

[原文]

【第六十六回，第943页第二段】谁知八月内湘莲方进了京，先来拜见薛姨妈，又遇见薛蝌，方知薛蟠不惯风霜，不服水土，一进京时便病倒在家，请医调治。

[中医药释读]

春季多风，夏季前期多暑热、后期多暑湿，秋季多燥火，冬季多受寒凉。这是各个季节多发病的原因特点，也是医者治疗的依据要点。

曹雪芹笔下的薛蟠患病时间为八月，正是易发暑湿病的季节，水土不服，还出现了胃肠不适的病候。这是由于肠道内菌群失调，胃肠功能紊乱，出现腹胀、腹泻、肠鸣、消化不良。暑湿感冒的特点是头重沉如裹、胸膈满闷、脘腹胀满、恶心欲吐、食欲不振、鼻塞、流涕、精神萎靡等。可选用解诸郁症的越鞠丸及藿香正气汤。

越鞠丸：香附、川芎、苍术、神曲、栀子各10克，共研细末，水泛为丸，每次服6克，每日三次，生姜水冲服。

藿香正气汤：大腹皮10克，紫苏叶、藿香各6克，苍术、厚朴、姜夏、白芷、茯苓、陈皮、桔梗各5克，甘草、砂仁各3克，乌梅肉5个，水煎服，一日服2~3次。

附

五运六气、暑温辨证论治

五运六气起源于中国传统文化中的《易经》和天干地支历法。从年干推算五运，从年支推算六气，并从运与气之间，观察其生活与承制的关系，以判断该年气候的变化与疾病的发生。这就是五运六气的基本内容和概念。

"天人合一""道法自然"等理念逐渐扩展了中医理论体系的框架。运气之学把阴阳五行拓展为五运六气学说。阴阳五行学说是中医经典《黄帝内经》的理论基础，这是一种"科学范型"，即在一定时期内的学术共同体成员共有的信念、价值、技术手段等的总体，是学术操作共有的基础和准则。

阴阳五行是认识自然的观念，也是基本的思维模式和对自然事物的分类判据。自《易经》起，古人就把阴阳作为本体，用以说明万物万事的存在、发生、发展、变化。五行从《尚书·洪范》的五种势力形式[1]，经《管子·五行》的"作立五行，以正天气"，到《史记·历书》"黄帝考定星历，建立五行"。《史记·日者列传》也概言："人取于五行者也。"由是五行从物而及天地人，成为古人对自然图式和规律的认识。运气理论把阴阳五行发展为五运六气。一分为二的阴阳演变为一分为三的三阴三阳（太阴、少阴、厥阴、太阳、阳明、少阳），五行又有五运太过和不及之化与相胜等，突破生或克。五运又和六气交叉联系。基于五运六气又发现了许多自然和生命的规律，例如气候和生命的周期现象，人在不同气候模式中的多发病情况，自然和人的气化规律和病机问题等。后来纳入了东汉以前的医

---

[1] 陈遵妫. 中国天文学史（上中下）[M]. 上海人民出版社，2006.

学实践，其后的一些医学成果，也往往建立在这基础上。在百家争鸣的宽松学术氛围中，金元四大医学流派因此产生，乃至温病学说相当于当今传染病学说，我曾编写过《温病学纲要》[①]一书，对此进行阐述。

五运可以理解为肺金、肝木、肾水、心火、脾土，它们之间的相生或相克的依存、转化的理论指导实践。风、寒、暑、湿、燥、火六种正常的气候生态变化有益于大自然动植物生长、生存、发展、变化等；不正常或太过、不足的风、寒、暑、湿、燥、火气候生态变化称为六淫，是灾害。六淫对人的健康产生影响以至发生疾病，造成人水土不服。逆天象，背天气，遭天谴。

借此，将我的《温病学纲要》一书有关暑温的辨证论治章节按照中医的三焦辨证与六经辨证简述如下，和有兴趣者分享：

第一节　上焦暑温症治

1. 暑温大热症治（只有伤暑面赤即阳暑），在手太阴宜白虎汤（生石膏30克、知母15克、生甘草10克、白粳米30克）。若脉洪大而芤者，宜白虎汤加人参10克。若兼有身沉湿重，白虎汤加苍术10克或薏米15克。

2. 暑温身热无汗症治宜新加香薷饮（香薷6克、厚朴6克、银花10克、连翘6克、鲜扁豆花10克）。

3. 暑温入手厥阴症治宜清宫汤（元参10克、莲子心15克、连翘6克、竹叶6克、麦冬10克、犀角尖6克）。

4. 劳倦内伤兼受暑邪症治宜东垣清暑益气汤（西洋参5克、石斛15克、麦冬9克、黄连3克、竹叶6克、荷梗6克、知母6克、甘草3克、粳米15克、西瓜翠衣30克，用水300毫升，煎至150毫升，空腹温服）。

5. 暑伤元气症治宜生脉散（人参10克、麦冬6克、五味子2克）。

[①] 沈家祥.温病学纲要[M].甘肃科学技术出版社，1990.

6. 暑痫症治宜清宫汤加勾藤 20 克、丹皮 10 克、羚羊角粉冲服 5 克。

7. 暑温汗后余邪不解症宜清络饮（鲜荷叶 6 克、鲜银花 6 克、鲜扁豆 10 克、鲜竹叶 6 克、丝瓜皮 6 克、西瓜翠衣 6 克）。

8. 暑温咳嗽症治宜清络饮加桔梗、杏仁、麦冬各 10 克，甘草、知母各 5 克。

9. 暑瘵症治（吐血）宜清络饮加杏仁、薏仁各 10 克、大蓟 20 克。

第二节　中焦暑温症治

1. 阳明暑温湿气已化症治宜小承气汤（大黄 15 克、厚朴 6 克、枳实 5 克）。

2. 阳明暑温兼水结胸症治宜小陷胸汤加枳实（黄连 6 克、半夏 10 克、瓜蒌 10 克、枳实 10 克）。

3. 阳明暑温心下痞症治宜半夏泻心汤加减（半夏 30 克、黄连 6 克、黄芩 10 克、枳实 6 克、杏仁 10 克）。

4. 暑温蔓延三焦症治（略）

第三节　下焦暑温症治

1. 暑邪深入下焦劫伤津液症治（略）。

2. 暑邪深入厥阴，呕恶下利症治（重症）宜椒梅汤主之（人参 10 克、乌梅 10 克、川椒（炒黑）10 克、黄连 6 克、黄芩 6 克、干姜 6 克、生白芍 10 克、半夏 6 克、枳实 3 克）。

3. 暑邪误治清浊交混症宜来复丹主之（太阴玄精石 30 克、舶上硫黄 30 克、硝石 30 克、与硫黄 10 克为末，橘红、青皮各 6 克、五灵脂 5 克微火炒合尽。每服 5 克，每日三次，生姜水冲服）。

4. 暑邪日久，津气两伤症治宜三才汤主之（人参、干地黄各 15 克、天冬 10 克。水五杯浓煮至两杯，分两次温服）。

第二十七章

尤二姐流产：大黄䗪虫丸

[原文]

【第六十九回，第981页第一段】尤二姐惊醒，却是一梦。等贾琏来看时，因无人在侧，便泣说："我这病便不能好了。我来了半年，腹中也有身孕，但不能预知男女。倘天见怜，生了下来还可，若不然，我这命就不保，何况于他。"贾琏亦泣说："你只放心，我请明人来医治。"于是出去即刻请医生。

谁知王太医亦谋干了军前效力，回来好讨荫封的。小厮们走去，便请了个姓胡的太医，名叫君荣。进来诊脉看了，说是经水不调，全要大补。贾琏便说："已是三月庚信（月经）不行，又常作呕酸，恐是胎气。"胡君荣听了，复又命老婆子们请出手来看看。尤二姐少不得又从帐内伸出手来。胡君荣又诊了半日，说："若论胎气，肝脉自应洪大，然木盛则生火，经水不调亦皆因由肝木所致。医生要大胆，须得请奶奶将金面略露露，医生观观气色，方敢下药。"贾琏无法，只得命将帐子掀起一缝，尤二姐露出脸来。胡君荣一见，魂魄如飞上九天，通身麻木，一无所知。一时掩了帐子，贾琏就陪他出来，问是如何。胡太医道："不是胎气，只是迂血凝结。如今只以下迂血通经脉要紧。"于是写了一方，作辞而去。贾琏命人送了药礼，抓了药来，调服下去。只半夜，尤二姐腹痛不止，谁知竟将一个已成形的男胎打了下来。于是血行不止，二姐就昏迷过去。贾琏闻知，大骂胡君荣。一面再遣人去请医调治，一面命人去打告胡君荣。胡君荣听了，早已卷包逃走。这里太医便说："本来气血生成亏弱，受胎以来，想是着了些气恼，郁结于中。这位先生擅用虎狼之剂，如今大人元气十分伤其八九，一时难保就愈。煎丸二药并行，还要一些闲言闲事不闻，庶可望好。"说毕而去。急的贾琏查是谁请了姓胡的来，一时查了出来，便打了半死。

[中医药释读]

曹雪芹笔下的胡太医给尤二姐开的药方，据我考证分析，应该用的是类似**大黄䗪虫丸**的方剂或有关活血、破血类药，故意造成流产。在这里我高度怀疑胡太医是被凤姐买通，故意犯罪，然后有计划地逃逸。都说庸医杀人不用刀，胡太医不仅是庸医，还是故意杀人犯，杀了一大一小。

一般的大夫都知道，怀孕的脉象应是"滑、少数"。滑脉主痰、主湿、主孕。胡太医却胡说是肝脉洪大，还故意要看一下尤二姐的面容。按当时的规矩，男大夫是不能看小姐、夫人的面容的。胡太医一看见要杀的尤二姐是如此娇美的妇人，惊恐得"魂魄如飞上九天"，但又不得不执行命令，若不执行那人的指令，自己也可能会没命。即使贾琏已经明确告诉了胡太医，尤二姐有三个月没来月经了，孕期反应大，"呕酸""恐是胎气"，胡太医却明知故犯，痛下杀手。

那么大黄䗪虫丸的主要成分是什么呢？有土鳖虫（炒）、水蛭（制）、虻虫（去翅足、炒）、蛴螬（炒）、干漆（煅）、大黄等虫类虎狼药，当然还有黄芪、地黄、白芍、苦杏仁等成分，用于治疗闭经、月经不调等疾病。怀孕是正常生理过程，绝对不能使用这种打胎的虎狼药。每个中医师都应该知道孕妇的用药禁忌，其中最有名的是妊娠用药禁忌歌："蚖斑水蛭及虻虫，乌头附子配天雄；野葛水银并巴豆，牛膝薏苡与蜈蚣；三棱芫花代赭麝，大戟蝉蜕黄雌雄；牙硝芒硝牡丹桂，槐花牵牛皂角同；半夏南星与通草，瞿麦干姜桃仁通；硇砂干漆蟹爪甲，地胆茅根都失中。"[1]

附

孕妇忌、慎用药三大类名录

（1）绝对禁用的剧毒药：芫青（青娘虫）、斑蝥、天雄、乌头、附子、野葛、水银、巴豆、芫花、大戟、硇砂、地胆、红砒、白砒。

（2）禁用的有毒药：水蛭、虻虫、蜈蚣、雄黄、雌黄、牵牛子、干漆、蟹爪甲、麝香。

（3）慎用药：茅根、木通、瞿麦、通草、薏苡仁、代赭石、芒硝、牙硝、朴硝、桃仁、牡丹皮、三棱、莪术、牛膝、干姜、肉桂、生半夏、皂角、生南星、槐花、蝉蜕。

另外，人们在实践中发现下列中药，孕妇也应该慎用：瓜蒂、藜芦、胆矾、郁李仁、蜂蜜、甘遂、赤芍、全蝎、枳实、草红花、藏红花、五灵脂、没药、雪上一枝蒿、商陆、当归、川芎、丹参、益母草、血竭、穿山甲、泽兰、乳香、毛冬青、吴茱萸、砂仁、豆蔻、厚朴、木香、枳壳、金铃子、栀子、龙胆草、山豆根、大青叶、板蓝根、苦参、丹皮、生地、玄参、紫草、犀角、茅根、槐花、川乌、草乌、延胡索、细辛、白芍、甘草、酸枣仁、海龙、海马、芦荟、硫黄、洋金花、天南星、太子参、王不留行、樟脑、玄明粉、蟾酥、蜣螂、土鳖虫、红娘云、阿魏、猪牙皂、路路通、八月札、柴胡、天仙子、马鞭草、白附子、麻黄、冬葵子、蓖麻油、番泻叶、白芥子、马齿苋等。

---

[1] 蚖为昆虫的通称，是一类微小无翅昆虫。斑指斑蝥，有很强的肾毒性，剧毒药。芫指芫花，性味辛、苦、寒，有毒。代赭即为代赭石。黄雌雄即是雌黄、雄黄。通是指木通。

概括起来，凡是活血化瘀、凉血解毒、行气祛风、润肠滑利、苦寒清热的药都要谨慎用于孕妇。怀孕期间，尤其是前三四个月最好什么药也不吃。所有有经验的中医大夫，对于孕龄妇女，除了十问歌问诊外，一定要问月经情况，以避免误诊。

第二十八章

凤姐月经崩漏：辨证施治

[原文]

【第七十二回，第1018页第三段】鸳鸯听了，只得同平儿到东边房里来。小丫头倒了茶来。鸳鸯因悄问："你奶奶这两日是怎么了？我看他懒懒的。"平儿见问，因房内无人，便叹道："他这懒懒的也不止今日了，这有一月之前便是这样。又兼这几日忙乱了几天，又受了些闲气，从新又勾起来。这两日比先又添了些病，所以支持不住，便露出马脚来了。"鸳鸯忙道："既这样，怎么不早请大夫来治？"平儿叹道："我的姐姐，你还不知道他的脾气的。别说请大夫来吃药。我看不过，白问了一声身上觉怎么样，他就动了气，反说我咒他病了。饶这样，天天还是察三访四，自己再不肯看破些且养身子。"鸳鸯道："虽然如此，到底该请大夫来瞧瞧是什么病，也都好放心。"平儿道："我的姐姐，说起病来，据我看也不是什么小症候。"鸳鸯忙道："是什么病呢？"平儿见问，又往前凑了一凑，向耳边说道："只从上月行了经之后，这一个月竟沥沥淅淅的没有止住。这可是大病不是？"鸳鸯听了，忙答道："嗳哟！依你这话，这可不成了血山崩了。"平儿忙啐了一口，又悄笑道："你女孩儿家，这是怎么说的，倒会咒人呢。"鸳鸯见说，不禁红了脸，又悄笑道："究竟我也不知什么是崩不崩的，你倒忘了不成，先我姐姐不是害这病死了，我也不知是什么病，因无心听见妈和亲家妈说，我还纳闷，后来也是听见妈细说原故，才明白了一二分。"平儿笑道："你该知道的，我竟也忘了。"

[中医药释读]

所谓的血山崩，是中医病症名，是指妇女不在行经期间，阴道内大量出血，或月经应该结束了，仍继续出血不止。出血淋漓不断的叫"漏"或"崩漏"；出血量大而来势汹涌的叫"崩""血崩"或"血山崩"。出血量大于400毫升，可出现失血性休克，不紧急救治，可造成死亡。

性成熟的女性来月经，就像月亮有盈有亏。空气流动产生风，但异常流动会产生台风灾害；海水潮涌潮退，但异常会产生海啸灾害。

月经正常不但是女性健康的标志，还是孕龄期妇女生育的必需条件。月经正常，不但需要生殖器官结构正常，还需要生理功能代谢正常。生理功能运行正常，不但有赖于卵巢分泌雌激素、孕激素，还有赖于神经系统、内分泌系统的控制与调节。无论哪一个环节出现异常，都会导致月经失调等妇科疾患。

在此强调一下神经系统与月经的关系。各个内分泌腺之间之所以能保持适当的平衡，主要是因为大脑皮层和皮层下中枢对各个内分泌腺起复杂的指导与协调作用。具体对月经调节起决定作用的是最高级中枢大脑皮层，它通过丘脑下部管辖脑垂体，产生一系列内分泌变化。当大脑皮层的机能出现障碍时，如发生惊吓、悲伤等情绪变化，对月经也有直接影响。

子宫异常出血分为功能性和器质性两种。而功能性子宫出血又分为排卵型和无排卵型两种，在此不详述。

中医学对月经失调极为重视，认为这是机体阴阳平衡失调。若心脾平和，则经候如常。肝主月经，苟或七情内伤、六淫外侵、饮食不节、起居失宜、脾胃虚损、心火妄动，则会致月经不调。因此中医主张，妇人有先病而后月经不调，当先治病，病去则经自调；若因经不调而后生病，当先调经，经调则病自除。

中医所称的"崩漏"出血主要有两种表现：一种是经血暴下称之为崩，

另一种是淋漓不尽称之为漏，或者两种情况交替出现，主要是冲、任二脉受损所致。冲为血海，女子以血为本，故冲脉的盛衰和月经是否规律有关。任脉主一身之阴，司精、血、津、液并具有孕育胞胎作用。

崩症有虚有实，漏症虚多实少。虚证多为中气虚、肾气虚、血虚。脾统血，肝藏血，肾藏精。脾虚则不能摄血，肝虚则不能藏血，都可能导致出血。肾与冲、任二脉有密切关系，气虚则不能统摄血液，使血失去控制而引起出血。实证中则以血瘀、血热比较多见。

崩漏常分为四型，治疗指导原则不同。气血两虚型以养心健脾为主，用归脾汤加减（白术、当归、茯苓、黄芪、远志、龙眼肉、炒酸枣仁、人参、木香、炙甘草）；气血瘀滞型以活血祛瘀为主，用桃红四物汤合失笑散加减（桃仁、红花、当归、白芍、熟地、川芎、五灵脂、生蒲黄）；肝气郁结型以疏肝理气为主，用加味逍遥散加减（当归、白芍、茯苓、炒白术、柴胡各5克，牡丹皮、炒山栀、炙甘草各3克）；血热妄行型以清热凉血为主，用黄连解毒汤加减（黄连、黄芩、黄檗、栀子、丹皮）。至于凤姐的处方则参照加味逍遥散、归脾汤加减。

也可用针灸、点穴手法配合治疗，取穴主要取自任脉、足厥阴肝脉的经穴。任脉在人体前面，自头顶百会穴，经鼻、口、胸、脐、阴部至会阴穴。

凤姐的崩漏病虽然暂时好了，但埋下了病根，难以长寿。王熙凤的最终结局告诉人们：阴毒者难以长寿。"机关算尽太聪明，反误了卿卿性命。"王熙凤虽有治家之才，但她却喜欢暗中害人，内心歹毒。贾琏的心腹对王熙凤的评价是："嘴甜心苦，两面三刀；上头一笑脸，脚下使绊子；明是一盆火，暗是一把刀，都占满了。"就连王熙凤的心腹平儿，对凤姐待尤二姐的做法也看不下去，暗中关照尤二姐，但也无能为力。王熙凤直接或间接害死的人至少有贾瑞、张金哥、尤二姐、守备的儿子等人。坏事做得太多，

20多岁时，自己也病倒了，最后还是死于血崩[①]。《周易》写道："雷丰恒卦，上震下巽。"二者同属五行木，意为相依相助，恒常不变。六五爻辞说："恒其德，贞，妇人吉，夫子凶。"《象传》注释为："妇人贞吉，从一而终也。夫子制义，从妇凶也。"

[①] 我猜测为子宫内膜癌大出血。

第二十九章

凤姐心脾两虚：升阳养荣之剂

[原文]

【第七十四回，第1059页第一段】（凤姐抄检大观园后）谁知到夜里又连起来几次，下面淋血不止。

至次日，便觉身体十分软弱，起来发晕，遂撑不住。请太医来，诊脉毕，遂立药案云："看得少奶奶系心气不足，虚火乘脾，皆由忧劳所伤，以致嗜卧好眠，胃虚土弱，不思饮食。今聊用升阳养荣之剂。"写毕，遂开了几样药名，不过是人参、当归、黄芪等类之剂。

[中医药释读]

曹雪芹书中说，太医所开具的是升阳养荣之剂，其实并没有这个方剂。这里所说"虚火乘脾"的乘字是指乘虚侵袭，乘虚而入。

具体分析凤姐病证：肝木（肝火）偏亢，而肺金对肝木也没能正常克制，以至于肝木过于克土，脾和胃皆为土，也就是肝木太盛，侵害脾和胃的功能。脾和胃虽然都是土，但两者的功能不完全相同，又密切协作。例如脾主湿、主运化（消化），喜燥；胃主润、主纳（盛），喜阴。脾胃协调做好吸收营养、运化消化，化生气血营养全身，调节机体水液代谢。故称脾胃为后天之本，而称肾为先天之本。先天不足，依赖后天涵养。先天无可奈何，则只有靠后天弥补。

所谓的升阳养荣，升阳就是一种治疗脾失健运、消化力弱、不能输精气的方法。养荣就是养营，营就是卫气营血，是一种治疗心气虚、血不能正常运行的病症的营养周身之法。按现代营养学的话来讲，就是调节好胃肠道的有益菌丛，这对于人的身心健康、聪明智慧、提高免疫力、促进长寿、延缓衰老极为重要。

这一段太医所列出的几味中药有人参、当归、黄芪等，开具中药必须辨证施治，施治必须有章法，这个章法就是相应的方剂。所以据我考证，太医可能给凤姐开了人参当归汤和当归补血汤两个方剂。人参当归汤出自《女科指掌》卷五。当归补血汤出自《内外伤辨惑论》，是补气生血的妙方，对于血虚发热很有益。

人参当归汤：人参15克、当归、麦冬、生地、白芍各10克、竹叶7克、粳米20克、大枣五枚。
当归补血汤：黄芪30克、当归6克。

中医将气血关系解释为："气为血之帅、血为气之母。气行血亦行，气滞血亦滞。补血先补气，血行风自灭，气足血亦足。"以上这两个方子中，人参、黄芪均是补气的重要之药，体现了补气血的经典指导理论。人活一口气，活人死人之差就是一口气。人死了，血还在，只是那口气没有了。

第三十章

贾府的调经养荣丸

[原文]

【第七十七回，第1097页第一段】话说王夫人见中秋已过，凤姐病已比先减了，虽未大愈，可以出入行走得了，仍命大夫每日诊脉服药，又开了丸药方子来配调经养荣丸。因用上等人参二两，王夫人取时，翻寻了半日，只向小匣内寻了几枝簪挺粗细的。王夫人看了嫌不好，命再找去，又找了一大包须末出来。王夫人焦躁道："用不着偏有，但用着了，再找不着。成日家我说叫你们查一查，都归拢在一处，你们白不听，就随手混撂。你们不知他的好处，用起来得多少换买来还不中使呢。"彩云道："想是没了，就只有这个。上次那边的太太来寻了些去，太太都给过去了。"王夫人道："没有的话，你再细找找。"彩云只得又去找，拿了几包药材来说："我们不认得这个，请太太自看。除这个再没有了。"王夫人打开看时，也都忘了，不知是什么药，并没有一枝人参。因一面遣人去问凤姐有无，凤姐来说："也只有些参膏芦须（参膏是用次参或碎参熬制的；芦是指人参顶部长叶的部位；须是指人参的细根须）。虽有几枝，也不是上好的，每日还要煎药里用呢。"王夫人听了，只得向邢夫人那里问去。

邢夫人说："因上次没了，才往这里来寻，早已用完了。"王夫人没法，只得亲身过来请问贾母。贾母忙命鸳鸯取出当日所余的来，竟还有一大包，皆有手指头粗细的，遂称二两与王夫人。王夫人出来交与周瑞家的拿去令小厮送与医生家去，又命将那几包不能辨得的药也带了去，命医生认了，各包记号了来。

一时,周瑞家的又拿了进来说:"这几包都各包好记上名字了。但这一包人参固然是上好的,如今就连三十换也不能得这样的了,但年代太陈了。这东西比别的不同,凭是怎样好的,只过一百年后,便自己就成了灰了。如今这个虽未成灰,然已成了朽糟烂木,也无性力的了。请太太收了这个,倒不拘粗细,好歹再换些新的倒好。"王夫人听了,低头不语,半日才说:"这可没法了,只好去买二两来罢。"也无心看那些,只命:"都收了罢。"因向周瑞家的说:"你就去说给外头人们,拣好的换二两来。倘一时老太太问,你们只说用的是老太太的,不必多说。"周瑞家的方才要去时,宝钗因在坐,乃笑道:"姨娘且住。如今外头卖的人参都没好的。虽有一枝全的,他们也必截做两三段,镶嵌上芦泡须枝,掺匀了好卖,看不得粗细。我们铺子里常和参行交易,如今我去和妈说了,叫哥哥去托个伙计过去和参行商议说明,叫他把未作的原枝好参兑二两来。不妨咱们多使几两银子,也得了好的。"王夫人笑道:"倒是你明白。就难为你亲自走一趟更好。"于是宝钗去了,半日回来说:"已遣人去,赶晚就有回信的。明日一早去配也不迟。"王夫人自是喜悦,因说道:"'卖油的娘子水梳头',自来家里有好的,不知给了人多少。这会子轮到自己用,反倒各处求人去了。"说毕长叹。宝钗笑道:"这东西虽然值钱,究竟不过是药,原该济众散人才是。咱们比不得那没见世面的人家,得了这个,就珍藏密敛的。"王夫人点头道:"这话极是。"

[中医药释读]

曹雪芹在本回写明的丸药方子是调经养荣丸,其实没有这个方剂,但曹雪芹为何说是调经养荣丸呢?可能不是疏忽,是有意而为之。

仅就《红楼梦》一书的书名来讲,红是女性;楼指居所,生活的地方;

梦是梦幻，或为所追求。《红楼梦》中的人物多为女性，况且辈分、年龄最高的核心人物是贾母，社会地位最高的是元春，高居皇妃。而女性的疾病不外乎是"胎、产、经、带"，所以妇科要药"人参养荣丸"是贾府的常备药品。本书中的第一章就是"林黛玉与人参养荣丸"。在七十七回所讲为了要配"调经养荣丸"，王夫人千方百计寻找好人参，也似乎是在配人参养荣丸。

现代有"妇科养荣丸"，是上了医典的中成药，但妇科养荣丸却没有人参这味药，这个处方来自《金匮要略》中的胶艾汤加减（又名芎归胶艾汤）。

妇科养荣丸： 干地黄（300克）、川芎、阿胶、甘草（各100克）、艾叶、当归（各150克）共研细末，炼蜜为丸。每丸6克，每次服1~2丸，每日服两次。

血虚风动，则下血腹痛。此方用归芍芎地以养血，用阿胶以息风。用艾叶温养木气，使经脉流通以复其常，温而不热，最和木气。用甘草补中气。临床中本药具有增强体质、增强造血功能、改善失血贫血、收缩子宫等作用，对于气血不足、肝郁不舒、月经不调、头晕目眩、血漏血崩、贫血身弱及不孕症有一定疗效。联合服用枸橼酸氯米芬片和黄体酮胶囊治疗不孕症效果较好。

曹雪芹在第七十七回描写王夫人及贾府上下对"人参"一味药是很重视的。在上万种中草药中，人参位居补益药首位。中医药学家冉雪峰在《大同药物学》中说："人参功兼三才，人与天地参，为明道之极功。物与天地参，乃稀世之珍品。"千百年来，参茸业在盐业、茶业、丝绸业、酒业等实体业态中出类拔萃。因为与人们的生命健康息息相关，我也借此对人参予以简介。

附

论人参

人参[①]始载于《神农本草经》，被列为上品药，为五加科植物人参的根。因根如人形，有神，故谓之人参。别名异名众多：人薓、鬼盖、人衔、神草、人微、土精、血参、黄精、玉精、地精、白物、海腴、皱面还丹、百尺杵、金井玉阑、孩儿参、汤参、楝参、黄石、棒槌等。

处方用名：人参、红参、山参、白参、生晒参、园参、糖参、别直参、高丽参、野山参、移山参、参须、参条，或因产地或炮制方法不同有关。

中国野生人参分布在吉林、辽宁、黑龙江及河北北部的深山中。辽宁、吉林等地有大量人工栽培人参。栽培的称"园参"，将园参移植于山野或将幼小野山参移植于田间而成长的人参，称为"移山参"。朝鲜人参也称高丽参，分为红参、白参两种。日本栽培的人参均称东洋参。

人参根中含有约4%的人参皂苷，是人参药理活性成分。所含挥发油人参烯约占0.05%，是人参特异香气的来源。此外还含有人参醇、人参酸、植物甾醇、胆碱，各种氨基酸和肽类、葡萄糖、果糖、麦芽糖、蔗糖、人参三糖、果胶等糖类，还含有维生素B、烟酸、泛酸等。

人参的药理作用包括：

1.对中枢神经系统的作用，对高级神经系统、脑电、脑单胺类均有影响，还有镇静与安定等作用。

2.对传出神经包括对自主神经都有影响。

[①] 多年生草本，高达60厘米。主根肥大、肉质、圆柱状、常分歧，由根上部二分歧者习称"灵体"或"横体"。花期6—7月，果期7—9月，生于以红松为主的茂密的针阔混交林或杂木林中，分布于中国、朝鲜、俄罗斯。

3. 对循环系统的心脏、血管、血压有很大影响，有很强的抗休克作用。

4. 对血液与造血系统作用明显。

5. 对内分泌系统包括对脑垂体、肾上腺以及对性腺、甲状腺等均有影响。

6. 对物质代谢包括糖、脂质及核酸和蛋白质的代谢都有积极作用。

7. 抗疲劳作用明显。

8. 可提高机体的适应能力。

9. 有抑制癌细胞生长的物质，对心肌炎有防治作用，提高网状内皮系统及白细胞的吞噬功能，有抗菌及抗寄生虫作用，还具有脱敏作用。

任何药物都有毒副作用或过敏作用，包括食物，例如有人吃蚕豆会发生溶血、吃鸡蛋或鱼虾过敏等，但总体来说，人参的毒副作用较低。

中医药方面对人参的认识如下：

性味归经：甘、微苦、温。入脾、肺二经。

功效主治：益气救脱、安神定悸、培补气血、纳气平喘、生津止渴、补中益气、益肾补元、扶正祛邪等。

用法用量：内服煎汤1.5～9克，大剂量10～30克；亦可熬膏或入丸、散。

宜忌：实证、热证忌服用。《中国药典》1977年版删除了"人参、五灵脂不宜同用"之说。

依据《中华人民共和国食品安全法》的规定及国家卫生健康委员会2012年第17号公告的规定，人参（5年及5年以下人工种植）可以列入食品范围。据此笔者曾研制出人参糖、人参豆腐及营养强化型菌类固体饮料，并通过有关部门鉴定。

人参与其他中药配伍非常广泛，相互强化其药物作用。千百年来人参和其他中药形成了众多著名方剂，例如龟灵集、异功散、参附汤、四逆汤、生脉饮等。在大出血止住后用独参汤加红糖、大枣（大补），现已经成为一道食补佳品。

《红楼梦》书中也说到过独参汤。贾瑞遭到凤姐接二连三的算计，阳气虚耗，性命危在旦夕，急需独参汤救命。贾瑞的爷爷贾代儒没那实力，吃不起，跑到本家荣国府求助王夫人，王夫人吩咐凤姐称二两给他。凤姐只包了几钱人参芦头须沫给他，贾瑞至死也没吃上独参汤。人参在《红楼梦》一书中出现无数次，皆因其负有救命般的功效。最讽刺的是，在第七十七回王夫人配药找人参时，凤姐竟然说自己也没有，自己吃的也是人参芦须熬的膏，真是一报还一报。

第三十一章

晴雯女儿痨：话痨病

[原文]

【第七十八回，第 1115 页第一段】王夫人便往贾母处来省晨，见贾母喜欢，便趁便回道："宝玉屋里有个晴雯，那个丫头也大了，而且一年之间，病不离身；我常见他比别人分外淘气，也懒；前日又病倒了十几天，叫大夫瞧，说是女儿痨，所以我就赶着叫他下去了。若养好了也不用叫他进来，就赏他家配人去也罢了。"

[中医药释读]

晴雯所患的女儿痨，类似现今的肺结核病，也称"肺痨""传尸痨"，年轻女子患此病故称"女儿痨"，是痨病的一种。痨病历史悠久，除了头发，身体其他部位均可得痨。痨病实际就是结核病。

1973 年湖南长沙马王堆一号墓出土的 2100 年前的女尸，被发现其肺上部及肺门有结核钙化灶，说明死者生前就是痨病患者。《金匮要略》论虚劳中就有"马刀夹瘿者，皆为劳使然"的描述，属于现代所说淋巴结炎或结核之类病症。淋巴结核是肺结核常见的并发症。汉代以后的医书就记载本病具有传染性，隋唐时期肺痨流行猖獗。东晋葛洪在《肘后备急方》中认为结核病是一种家族性慢性传染病。元代葛可久所著《十药神书》是治疗肺痨的专著，记载了十首治疗虚劳吐血的药方。明清时期医家认识到肺痨的防治要改善卫生条件和营养条件，《痰火点雪》一书详述了肺痨患者食用药膳的食材，如羊肉、猪肝、鱼类等。

结核病实际是由结核分枝杆菌所致。被称为"白色瘟疫"的肺结核曾是西方国家的主要杀手，我国也有"十痨九死"之说。1882年德国微生物学家罗伯特·科霍发现并证明了结核分枝杆菌是人类结核病的原菌。

结核分枝杆菌通过呼吸道、消化道、皮肤等途径入侵人体，主要通过飞沫传染，故肺结核是最常见的传染病。如果机体抵抗力足够强大，可以终身不发病，例如在体检时发现肺有结核钙化灶，但之前没有发病症状。临床表现为咳嗽、发热、盗汗、乏力、消瘦，有人会出现咯血、胸痛，甚至呼吸困难。在痰中发现结核分枝杆菌就可以确诊，但活动性肺结核的痰检阳性率仅为30%～50%，并且其表现的症状像是普通肺炎、真菌感染、肿瘤性病变，因此极难确诊。有的不孕不育症患者病因是患盆腔内脏结核，可见该病病症有很大的欺骗性，需要仔细鉴别诊断。

到了20世纪40年代，一系列抗结核药相继问世，如链霉素、氨柳酸、异烟肼、利福平等，开辟了结核病治疗新纪元。接种卡介苗，保持好心态，注意锻炼身体，增加食物均衡营养，提高机体抵抗力对防治结核病尤为重要。

肺痨的中医辨证施治分为五型：

1. 肺阴亏损型可以选择月华丸（北沙参、天冬、麦冬、生地、阿胶、三七、百合、玉竹、羊奶）。

2. 阴虚火旺型可选用百合固金汤或秦艽鳖甲散。

3. 气阴两伤型可选用保真汤和参苓白术散。

4. 阴阳两虚型可选用河车大造丸。

5. 培脾生肺金可选用人参健脾丸。

痨病与虚劳有紧密关系。虚劳尤其容易发生在产妇身上，例如产后没能很好休息，营养没跟上，月子没坐好，病史中有生活失节、经常熬夜、调摄不当、大病久病等。临床可见面色无华、白发、黯黑、消瘦、气短声低、心悸、健忘、头晕眼花、自汗盗汗、形寒肢冷、五心烦热、倦怠乏力、食欲不振、腹胀、便溏、遗精滑精、月经不调或停经。可见多个脏腑气血阴阳虚损，呈慢性、难复性、进行性的演变过程，以及持续或交替处于焦虑、抑郁状态中。抵抗力、免疫力严重下降，也就是中医所说的正气虚。邪气，包括痨病会乘虚而入。这时有缘者可找好中医调整、调节一下身体。

第三十二章

香菱干血之症：话闭经

[原文]

【第八十回，第1156页第二段】自此以后，香菱果跟随宝钗去了，把前面路径竟一心断绝。虽然如此，终不免对月伤悲，挑灯自叹。本来怯弱，虽在薛蟠房中几年，皆由血分中有病，是以并无胎孕。今复加以气怒伤感，内外折挫不堪，竟酿成干血之症，日渐羸瘦作烧，饮食懒进，请医诊视服药亦不效验。

[中医药释读]

香菱所患的干血之症，就是中医所说的"干血痨"，造成闭经。对孕龄期女性来讲，是严重的妇产科疾病，不但不能正常来月经，不能生育，甚至会危及生命。

正常发育成熟的育龄妇女，首先生殖器官构造要正常，同时，其新陈代谢功能也一定要正常。除了正常分泌雌激素、孕激素、黄体酮等，正常排卵外，还有赖神经系统、垂体等所有内分泌系统的控制、协调、调节，缺一不可。无论哪一个环节出现异常，都会引发妇产科疾患。妇科和产科是两大科别，既有共性又有特性。

中医对干血痨有多种说法，有说骨蒸潮热、身体羸瘦等虚损症状是虚火久蒸、干血内结、经闭不行所致，有说症见虚火久蒸、干血内结、瘀血不通、新血难生、津血不得外荣等症是妇女产后在月子中同房所致。我考证分析认为，香菱患有盆腔结核病，文中所说的"血分中有病，是以并无胎孕"造成了结核病,最后破坏了子宫内膜,宫腔内发生瘢痕粘连,甚至使宫腔变形缩小,整个子宫外形变小,月经量减少以致闭经。香菱的枯瘦如柴属于中度到重度的营养不良,可致全身机能下降甚至引发生命危险。

中医针对干血痨辨证施治。例如因结核病引起的干血痨,一定要控制治疗好结核病,内分泌有肿瘤一定要消除。保持好心态是最重要的。"气为万病之长,万病皆生于气",所以元气要足,肝气要疏!要保证营养均衡,千万不能熬夜,不能太劳累,根据体质坚持适合自己的锻炼,保证充足的水分摄入和阳光照射,遵医嘱。可从几个方面服些中医药:

1. 大黄䗪虫丸,有活血化瘀、清除积热功效,可改善患者虚火内结、闭经不行、身体虚弱等。

2. 当归补血汤或四物汤加减,可滋补气血、改善身体素质,提高抗病能力。

3. 大补阴丸,对阴虚火旺患者,有养阴清热作用。

4. 河车大造丸,可全面提升阴阳平衡水平,有提高西医所说阈值或激素、抗体的作用。

曹雪芹所写的《红楼梦》到第八十回就结束了,后文迷失无稿。香菱一生的命运在某种程度上讲就是《红楼梦》的始终。香菱原名甄英莲,是甄士隐的女儿,在《红楼梦》第一回就出现了,僧人给香菱的谶诗云:"惯养娇生笑你痴,菱花空对雪澌澌。好防佳节元宵后,便是烟消火灭时。"

"菱花空对雪澌澌"是说香菱空对的是薛(雪)蟠的残害。"好防佳节元宵后",是说英莲在元宵佳节走丢。"便是烟消火灭时",此处的人间烟火,包含着干血痨,人没了卫气营血如何能活,终究灰飞烟灭。曹雪芹书中本意是通过描写英莲(香菱)的从生到死,说明人生在世的兴与衰、美与丑、善与恶、真与假……

第三十三章

王道士与"疗妒汤"

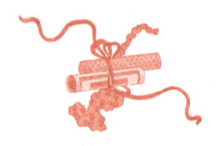

[原文]

【第八十回,第1158页第二段】这老王道士专意在江湖上卖药,弄些海上方治人射利,这庙外现挂着招牌,丸散膏丹,色色俱备,亦长在宁荣两宅走动熟惯,都与他起了个浑号,唤他作"王一贴",言他的膏药灵验,只一贴百病皆除之意。

【第1160页第一段】宝玉道:"我问你,可有贴女人的妒病方子没有?"王一贴听说,拍手笑道:"这可罢了,不但说没有方子,就是听也没有听见过。"宝玉笑道:"这样还算不得什么。"王一贴又忙说:"贴妒的膏药倒没经过,倒有一种汤药或者可医,只是慢些儿,不能立竿见影的效验。"宝玉道:"什么汤药,怎么吃法?"王一贴道:"这叫'疗妒汤':用极好的秋梨一个,二钱冰糖,一钱陈皮,水三碗,梨熟为度,每日清早吃这么一个梨,吃来吃去就好了。"宝玉道:"这也不值什么,只怕未必见效。"王一贴道:"一剂不效吃十剂,今日不效明日再说,今年不效吃到明年。横竖这三味药都是润肺开胃不伤人的,甜丝的,又止咳嗽,又好吃。吃过一百岁,人横竖是要死的,死了还妒什么!那时就见效了。"说着,宝玉茗烟都大笑不止,骂"油嘴的牛头"。王一贴笑道:"不过是闲着解午盹罢了,有什么关系。说笑了你们就值钱。实告你们说,连膏药也是假的。我有真药,我还吃了作神仙呢。有真的,跑到这里来混?"

[中医药释读]

所谓的"疗妒汤",是王道士胡诌的,但也得多少有些根据。可做药膳的果品众多,为什么不选莲子,不选大枣,而偏选梨、冰糖、陈皮这三味药呢?我认为另有其意,也可侧面说明中国文化博大精深。先从中医药角度来解析这三种果品:梨,甘、寒、酸,无毒,能治风热,润肺清心;冰糖,甘、寒,无毒,润心肺,解大小肠热,解酒毒;陈皮,苦、辛、温,无毒,能泄能散,能疏能消,理气燥湿,宽胃益神。

从字音讲,梨同离。从习俗礼节上讲,赠送人苹果,意为送平安、送吉祥、送平顺……但送人梨不吉利,是送离,送分离。苹果可以切开两个人吃,分享平安。梨切开两人吃就显得不太好,不就是分梨(离)吗?冰糖虽然是甜蜜的,入药用,但加上前面的冰字,有些冷,有些寒凉。陈皮越陈旧越好,百年陈皮价值如金。但人的脸皮陈厚并不让人喜欢。从三味药及疗妒汤的名字来讲可以这样理解:了(疗)解嫉妒,治(疗)嫉妒,远离(梨)嫉妒,(冰)冻嫉妒,除尘(陈)嫉妒。

民间高人多的是。书中"王一贴"说得多透彻:"吃过一百岁,人横竖是要死的,死了还妒什么!那时就见效了。"别说是王道士,就是医生也不能时时都治好病,医生常常只是给病人一些帮助,减轻一些痛苦而已。王道士最后也说了实话:"实告你们说,连膏药也是假的。我有真药,我还吃了作神仙呢。有真的,跑到这里来混?"

宝玉向王道士求治女人的"妒病方子",看来妒病已经惊动宝玉灵魂深处了。负面的心理情况确实影响人们的身心健康,好中医在这方面进行心理疏导及用药确实能取得较好效果。妒是嫉妒的代名词,因别人胜过自己而产生的忌恨心理,害人更害己。

第三十四章

林黛玉患肺痨：黑逍遥散、归肺固金汤

[原文]

【第八十三回，第1186页第一段】黛玉道："大清早起，好好的为什么哭？"紫鹃勉强笑道："谁哭来，早起起来眼睛里有些不舒服。姑娘今夜大概比往常醒的时候更大罢，我听见咳嗽了大半夜。"黛玉道："可不是，越要睡，越睡不着。"紫鹃道："姑娘身上不大好，依我说，还得自己开解着些。身子是根本，俗语说的，'留得青山在，依旧有柴烧。'况这里自老太太、太太起，那个不疼姑娘。"只这一句话，又勾起黛玉的梦来。觉得心头一撞，眼中一黑，神色俱变，紫鹃连忙端着痰盒，雪雁捶着脊梁，半日才吐出一口痰来。痰中一缕紫血，簌簌乱跳。紫鹃雪雁脸都唬黄了。两个旁边守着，黛玉便昏昏躺下，紫鹃看着不好，连忙努嘴叫雪雁叫人去。

【第八十三回，第1192页第三段】贾琏道："紫鹃姐姐，你先把姑娘的病势向王老爷说说。"王大夫道："且慢说。等我诊了脉，听我说了看是对不对，若有不合的地方，姑娘们再告诉我。"紫鹃便向帐中扶出黛玉的一只手来，搁在迎手（脉枕）上。紫鹃又把镯子连袖子轻轻的搂起，不叫压住了脉息。那王大夫诊了好一回儿，又换那只手也诊了，便同贾琏出来，到外间屋里坐下，说道："六脉皆弦，因平日郁结所致。"说着，紫鹃也出来站在里间门口。那王大夫便向紫鹃道："这病时常应得头晕，减饮食，多梦，每到五更，必醒个几次。即日间听见不干自己的事，也必要动气，且多疑多惧。不知者疑为性情乖诞，其实因肝阴亏损，心气衰耗，都是这个病在那里作怪。不知是否？"紫鹃点点头儿，向贾琏道："说的很是。"王太医道："既这样就是了。"说毕起身，同贾琏往外书房去开方子。小厮们早已预备下一张梅红单贴，王太医吃了茶，因提笔写道：

六脉弦迟，素由积郁。左寸无力，心气已衰。关脉独洪，肝邪偏旺。木气不能疏达，势必上侵脾土，饮食无味，甚至胜所不胜，肺金定受其殃。气不流精，凝而为痰，血随气涌，自然咳吐。理宜疏肝保肺，涵养心脾。虽有补剂，未可骤施。姑拟黑逍遥以开其先，复用归肺固金以继其后。不揣固陋，俟高明裁服。

又将七味药与引子写了。贾琏拿来看时，问道："血势上冲，柴胡使得么？"王大夫笑道："二爷但知柴胡是升提之品，为吐衄所忌。岂知用鳖血拌炒，非柴胡不足宣少阳甲胆之气。以鳖血制之，使其不致升提，且能培养肝阴，制遏邪火。所以《内经》说：'通因通用，塞因塞用。'柴胡用鳖血拌炒，正是'假周勃以安刘'的法子。"贾琏点头道："原来是这么着，这就是了。"王大夫又道："先请服两剂，再加减或再换方子罢。我还有一点小事，不能久坐，容日再来请安。"

[中医药释读]

人如果出现七窍出血，是将亡之症或是病危重之症。无论是消化道或胃出血所致的吐血，或是呼吸道的肺泡或气管、支气管出血造成咳血，都是比较严重的病状。林黛玉咳吐出来的痰中"一缕紫血，簌簌乱跳"，作者描写得很生动，也说明林黛玉的病情很严重。据此分析，林黛玉患的是"肺痨病"，也就是今天所说的肺结核病晚期、危重期。病因是结核分枝杆菌入侵了支气管及肺泡，引发肺部炎症造成器官组织溃疡、破损、出血。

第三十四章　林黛玉患肺痨：黑逍遥散、归肺固金汤

肺及气管的血液循环系统很丰富，本来是进行血氧交换、呼出二氧化碳、吸进氧气、完成新陈代谢的部位。在这些部位出血，出血量一般不会很小，如果造成肺空洞，会导致呼吸衰竭或失血性休克而死亡。

林黛玉左右手的寸、关、尺六脉均弦迟，是由于长期积累的郁结。弦脉本应是左手的关脉主症。左关脉主弦脉，弦脉主肝、主痛、主风症。肝脉宜疏不宜结。黛玉的六脉皆为弦，抢了肝脉的风头，说明郁结严重、时间久远，并且弦中见迟脉，迟为迟滞。一方面，气无力带动，另一方面，郁结阻力太大，犹如汽车爬坡时，马力不足，爬坡费劲，又碰见石块类障碍物，爬上去更艰难。左手寸脉主心，主气血；左寸无力，说明心气衰竭。心为君主之官，谋略出焉。五脏之首病了，犹如群龙无首，后果可想而知。关脉独洪，肝邪火旺盛，过于生猛。五行相生相克理论，在此体现为肝主木，脾主土，肝木克脾土，肝邪盛克制脾土，脾和胃都属于土，但有分工。胃主纳、盛接；脾主运化、统血，也就是管消化吸收功能，按现代医学的话讲就是肠道菌群要运行正常，才能消化吸收食物中的水液和营养物质，保障新陈代谢功能。

日常生活中，吃饭之前不能训斥孩子，因为生气时一是吃不下饭，二是饭后不容易消化。长期郁闷，爱生气发火，势必影响胃口和消化。"甚至胜所不胜，肺金定受其殃。"五行相生，脾土生肺金。脾胃消化吸收营养不好，首先影响到肺气呼吸，二是脾为生痰之器，肺为贮痰之器。"气不流精，凝而为痰；血随气涌，自然咳吐"。脾胃有病，消化吸收不佳，营养不足是造成抵抗力下降重要因素。人一周不吃饭饿不死，三天不喝水渴不死，最多4分钟不呼吸，基本就会死掉。呼吸对人的生存极重要，临床上患呼吸系统疾病的人很多，并且很难治疗。民间有"外不治癣、内不治喘"之说，意思是外科中皮肤病最难治，内科里咳喘病最难治。从前肺结核病患者十人九死，即使现在，肺癌患者的恶性度、死亡率仍然位居前列。

王太医开具的黑逍遥散开辟的治疗路子，是通过疏肝气的著名方剂逍遥散，疏肝健脾，涵养心肺，加上颜色黑的生地，有滋阴、凉血、止血、养血、疏肝健脾作用，故称黑逍遥散。贾琏也是懂中医的，提出柴胡虽有疏肝作用，但也有升提作用，不利于治疗咳血。王太医解释柴胡需要加鳖血炮制，借用汉高祖刘邦的典故强调这味药的重要性，即"安定刘氏天下一定要重用周勃这位人士"。王太医还借用中医经典著作《黄帝内经》的"通因通用，塞因塞用"理论，这和西医治病的理论有时是相反的。例如西医治疗肠炎、痢疾，通常使用消炎、止泻的方法，而中医有时却在清热解毒（消炎）基础上，使用泻药，也就是不能留盗（病邪）于内，使用的就是"通因通用"法。中医治疗心下痞积，如果是虚证引起的，就不能使用消导下泻气的方法，这时必须以补气为主，叫扶正祛邪。例如心梗造成的心下痞积症状，要重用补心气强心气的药，例如人参、附子、甘草、干姜类药，兼用活血药，这就是"塞因塞用"。这是中医药的智慧，也是中国传统文化博大高深的结晶。鳖血性寒，有和肝、滋阴、养肝血之效，和柴胡一块拌炒，也可以压抑柴胡在此升散的副作用。柴胡也可以用醋炒，酸有收涩作用，一方面，酸入肝，有敛肝作用，另一方面，可抑制柴胡的升浮作用。

黑逍遥散： 生地20克、醋柴胡15克、当归、赤芍、白术、茯苓、甘草各10克、生姜、薄荷各5克。

王太医讲"复用归肺固金以继其后"，实际讲的是治疗原则，而没有说归肺固金汤的处方。固金就是指固肺。《幼科直言》卷二有儿科的固金

汤，由阿胶、生黄芪、白芍、甘草、姜炭、黄芩、归身、白术组成。中医方剂有百合固金汤，临床可用于治疗肺结核、慢性支气管炎、支气管扩张咯血、慢性咽喉炎、自发性气胸等肺肾阴虚、虚火上炎者。

百合固金汤：百合、麦冬、贝母各12克、熟地、生地、归身9克、白芍、桔梗、元参、甘草各3克。针对林黛玉的病情酌情加减：生黄芪30克、仙鹤草、鱼腥草各20克、冬虫夏草10克。

第三十五章

薛姨妈肝气上逆：钩藤汤、左金丸

[原文]

【第八十四回，第1203页第一段】却说薛姨妈一时因被金桂这场气怄得肝气上逆，左肋作痛。宝钗明知是这个原故，也等不及医生来看，先叫人去买了几钱钩藤来，浓浓的煎了一碗，给他母亲吃了。又和秋菱给薛姨妈捶腿揉胸，停了一会儿，略觉安顿。这薛姨妈只是又悲又气，气的是金桂撒泼，悲的是宝钗有涵养，倒觉可怜。宝钗又劝了一回，不知不觉的睡了一觉，肝气也渐渐平复了。

[中医药释读]

　　肝为刚脏，主疏泄，性喜调达而恶抑郁，人的心情应像垂柳条一样，随风飘逸。过度的情志刺激可造成肝气不舒，疏泄失常进而气郁、气结，气郁太过，会产生气机逆乱，临床主要表现为肝气上逆或肝气横逆的病况。

　　肝气上逆可出现眩晕、头胀、烦怒、失眠、血压升高，严重的可出现脑梗死或脑出血，造成中风或休克，甚至死亡。爱生气的人很难长寿。薛宝钗作为读书人，也是懂些中医的。她让人给薛姨妈买来中药钩藤浓煎水，确实有效。

　　钩藤[①]属于中药的息风类植物药，味甘、性微寒，归肝、心二经，有

[①] 茜草科植物钩藤、大叶钩藤、毛钩藤或华钩藤的干燥带钩茎枝。为常绿攀缘状灌木，长可达10米。

息风止疼、清热平肝、透疹等作用。单独使用钩藤可治高血压、头晕目眩、神经性头痛。中药讲究药对，药性互补。钩藤常和天麻、牛膝、全蝎、菊花、薄荷、紫草等药配对使用。以钩藤为主的方剂众多。其化学成分主要为钩藤碱。从药理上看，钩藤有明显的镇静、降压作用。

肝气横逆多因肝阴不足，不能守之所致。肝气横逆易犯脾，引起痰浊内困，出现胁肋疼痛、食不知味、烦躁易怒、情绪激动。若横逆犯胃，产生嗳气、腹胀腹泻、呃逆呕吐等病状，严重时可造成肺、肾功能损伤。中药<u>左金丸</u>有泻肝火、行湿、开痞结之功效，主治肝气横逆，嘈杂吞酸、呕吐胁痛、筋疝痞结、霍乱转筋，出自《丹溪心法》卷一。

左金丸： 黄连18克、吴茱萸3克，共研粉末，水泛为丸，每服3克，每日服两次。

另外，也可以选用舒肝和胃丸、柴胡疏肝散、逍遥丸等。从脏器讲肝主木，从腑器讲胆也主木，肝胆相照。甲木为胆，走足少阳胆经；乙木为肝，走足厥阴肝经。虽都属木，经络不同，功能有异，但更多的是合作与协调。

第三十六章

巧姐儿内热惊风：四神散

[原文]

【第八十四回，第1214页第二段】说着人回："大夫来了。"贾母便坐在外间，邢王二夫人略避。那大夫同贾琏进来，给贾母请了安，方进房中。看了出来，站在地下躬身回贾母道："妞儿一半是内热，一半是惊风。须先用一剂发散风痰药，还要用四神散才好。因病势来的不轻。如今的牛黄都是假的，要找真牛黄方用得。"贾母道了乏，那大夫同贾琏出去开了方子，去了。凤姐道："人参家里常有，这牛黄倒怕未必有，外头买去，只是要真的才好。"王夫人道："等我打发人到姨太太那边去找找。他家蟠儿是向与那些西客们做买卖，或者有真的也未可知。我叫人去问问。"正说话间，众姊妹都来瞧来了，坐了一回，也都跟着贾母等去了。

这里煎了药给巧姐灌了下去，只见喀的一声，连药带痰都吐出来，凤姐才略放了一点儿心。只见王夫人那边的小丫头拿着一点儿的小红纸包儿说道："二奶奶，牛黄有了。太太说了，叫二奶奶亲自把分两对准了呢。"凤姐答应着接过来，便叫平儿配齐了真珠、冰片、朱砂，快熬起来。自己用戥子按方秤了，搋在里面，等巧姐儿醒了好给他吃。

[中医药释读]

小儿惊风是中医学中的命名，在西医学中叫惊厥，是儿科的常见急症，多见于婴幼儿。发病原因很多，婴幼儿的神经系统发育不成熟，易发生脑神经功能紊乱，引发全身或者局部的肌群呈强直性、阵挛性的抽搐，有时会伴有意识障碍。在临床上五六岁以下的孩子高热惊厥发病率较高。本病要和癫痫或积食腹泻水电解质失衡所致的良性惊厥相区别，明确病因才能更好地对症治疗。

巧姐儿的病可能是由积食外感高烧引起的惊厥，王太医开了发散风痰药，书上没说是何方，据我考证，可能是导痰汤加减（陈皮5克、清夏、茯苓、甘草各3克、竹茹10克、桔梗2克）。至于四神散既不是现在方剂中用的四神散（出自《苏沈良方》，由川大黄、寒水石、牛蒡子、芒硝组成），也不是宋代《太平惠民和剂局方》中由当归、炮干姜、川芎、赤芍组成的四神散，更不是四神汤（由茯苓、淮山药、莲子、芡实或者薏仁组成）。王太医开具的四神散有牛黄、真（珍）珠、冰片、朱砂四味药，均为清热解毒、镇静息风的大寒凉药。

牛黄是牛科动物牛的干燥胆结石。味苦，性凉，归肝、心二经，具有清热解毒、息风止痉、化痰开窍的功效。珍珠是珍珠贝科动物珠贝，味甘、咸，性寒，归心、肝二经，具有镇心定惊、解毒敛疮、明目消翳、肾虚耳聋、脾虚积热的功效。冰片是龙脑香科植物龙脑香树脂的加工品，味辛、苦，性凉，归心、肺二经，具有开窍醒神、清热止痛生肌的功效。朱砂是天然的辰砂矿石，味甘，性微寒，有毒，归心、肝、肾三经，具有镇心安神、清热解毒、明目功效。

现代网络各种"代购药"风盛，保婴丹、惊风散是热门代购产品。惊风散作为中药经典验方，对小儿发烧咳嗽、惊风具有一定疗效，家长一定要在医师指导下给小儿使用，绝不可当成保健品滥用，避免引起重金属中毒或其他药物中毒。惊风散的主要成分是制天麻、黄芩、天竺黄、防风、制全蝎、沉香、丁香、钩藤、冰片、茯苓、人工麝香、薄荷、川贝母、珍珠、龙齿、栀子、煅金礞石、人工牛黄、胆南星。惊风散中包含了王太医开具的四神散。类似惊风散的药品众多，例如八宝惊风散、清热定惊散、小儿惊安丸、小儿惊风七厘散、珠珀惊风散等，有的是国家禁用了的。孩子是家中的宝贝，但易患病，家长一定要谨慎给婴幼儿用药，遵医嘱，尽量不要给孩子吃药。科学喂养，提高儿童抗病能力，适量吃些儿童药膳，以预防疾病为主。

第三十七章

妙玉坐禅走火入魔：交泰丸

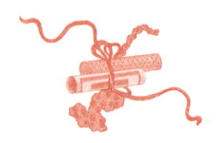

[原文]

【第八十七回，第1253页第二段】单说妙玉归去，早有道婆接着，掩了庵门，坐了一回，把"禅门日诵"念了一遍。吃了晚饭，点上香拜了菩萨，命道婆自去歇着，自己的禅床靠背俱已整齐，屏息垂帘，跏趺（佛教徒打坐的盘膝，左脚背搭于右腿，右脚背搭于左腿，脚心向上）坐下，断除妄想，趋向真如。坐到三更过后，听得屋上骨喙喙一片瓦响，妙玉恐有贼来，下了禅床，出到前轩，但见云影横空，月华如水。那时天气尚不很凉，独自一个凭栏站了一回，忽听房上两个猫儿一递一声厮叫。那妙玉忽想起日间宝玉之言，不觉一阵心跳耳热。自己连忙收慑心神，走进禅房，仍到禅床上坐了。怎奈神不守舍，一时如万马奔驰，觉得禅床便恍荡起来，身子已不在庵中。便有许多王孙公子要求娶他，又有些媒婆扯扯拽拽扶他上车，自己不肯去。一回儿又有盗贼劫他，持刀执棍的逼勒，只得哭喊求救。早惊醒了庵中女尼道婆等众，都拿火来照看。只见妙玉两手撒开，口中流沫。急叫醒时，只见眼睛直竖，两颧鲜红，骂道："我是有菩萨保佑，你们这些强徒敢要怎么样！"众人都唬的没了主意，都说道："我们在这里呢，快醒转来罢。"妙玉道："我要回家去，你们有什么好人送我回去罢。"道婆道："这里就是你住的房子。"说着，又叫别的女尼忙向观音前祷告，求个签，翻开签书看时，是触犯了西南角上的阴人（死人或阴魂）。就有一个人说："是了。大观园中西南角上本来没有人住，阴气是有的。"一面弄汤弄水的在那里忙乱。那女尼原是自南边带来的，伏侍妙玉自然比别人尽心，围着妙玉，坐在禅床上。妙玉回头道："你是谁？"女尼道："是我。"妙玉仔细瞧了一瞧，道："原来是你。"便抱住那女尼呜呜咽咽的哭起来，说道："你是我的妈呀，你不救我，我不得活了。"那女尼一面唤醒他，一面给他揉着。道婆倒上茶来喝了，直到天明才睡了。

女尼便打发人去请大夫来看脉，也有说是思虑伤脾的，也有说是热入血室的，也有说是邪祟触犯的，也有说是内外感冒的，终无定论。后请得一个大夫看了，问："曾打坐过没有？"道婆说道："向来打坐的。"大夫道："这病可是昨夜忽然来的么？"道婆道："是。"大夫道："这是走魔入火的原故。"众人问："有碍没有？"大夫道："幸亏打坐不久，魔还入得浅，可以有救。"写了降伏心火的药，吃了一剂，稍稍平复些。外面那些游头浪子听见了，便造作许多谣言说："这样年纪，那里忍得住。况且又是很风流的人品，很乖觉的性灵，以后不知飞在谁手里，便宜谁去呢。"过了几日，妙玉病虽略好，神思未复，终有些恍惚。

[中医药释读]

带发修行的小尼姑林妙玉，客居大观园的栊翠庵，这儿便成了贾府人也不能随意涉足的地方。妙玉清高孤傲，人人都不敢冒犯她，她还自称是"闺阁"女子。原来妙玉父母是官宦人家，得罪了什么权势，怕连累女儿，将妙玉送进佛门避难只是权宜之计。

妙玉凡尘初心未改。那日妙玉与惜春下棋时，因宝玉观棋时两句轻薄挑逗之言，妙玉已是心动起来，方寸大乱。后来宝玉提出送她回栊翠庵，痴心不已没拒绝。到了潇湘馆门口，妙玉思绪带进黛玉的琴声节奏中，彻底陷入红尘的走火入魔前夕。回到房间，宝玉之音容笑貌在脑际盘旋，不觉一阵心跳耳热，欲收摄心神，走进禅房，盘腿打坐，左脚压右腿，右脚压左腿，脚心向上，好似来自印度的佛徒打坐，与现代来自印度的瑜伽同出一辙。

公历纪元前后，印度佛教传入中国，经过长期传播发展，中国佛教形成汉语系的汉传佛教、藏语系的藏传佛教和巴利语系的南传佛教，以密宗传承为其特色归属于大乘佛教。大乘佛教有五戒：一不杀生，二不偷盗，三不邪淫，四不妄语，五不饮酒。妙玉显然没有完全皈依，患了花痴病[①]。

人类性成熟后，通过视、听、闻、触等传导刺激大脑中枢，通过下丘脑、垂体、内分泌腺传出指令刺激性腺。妙玉正值妙龄，心仪宝玉，走火入魔，热入胞宫，刺激子宫收缩，在现代精神科病学中称为钟情妄想或性欲亢进。钟情妄想在精神分裂症中更为常见，还会伴随幻觉或其他形式的思维异常。

此类人群会坚定不移地认为一个不喜欢自己的人喜欢自己、暗恋自己，反复纠缠对方，不听劝解。性欲亢进者多见于躁狂患者，即双相情感障碍，患者觉得自己能力强、本事大，精力旺盛，可能会比较兴奋冲动，同时存在睡眠需求减少的情况。

《红楼梦》作者只讲了"幸亏打坐不久，魔还入得浅，可以有救"，写了降伏心火的药，吃了一剂，稍稍平复些。降伏心火的药有很多，例如交泰丸[②]，引火归原。心主火、肾主水。肾水需要心火温煦，才能滋润流动，忌冰冻；心火需要肾水制衡才能不亢进。心火肾水相济，引心火归肾元，阴阳相对平衡才平安无事。

[①] 青春型精神病，俗称花痴。
[②] 药有交泰丸，故宫建筑有交泰殿，取自《易经》之智慧。

交泰丸：黄连9克、肉桂3克，打粉做丸也行，煎汤剂服下也可。

第三十八章

宝钗患热痹症：十香返魂丹、至宝丹

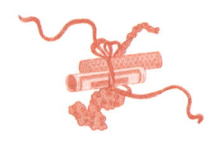

[原文]

【第九十一回，第1296页第三段】那时手忙脚乱，虽有下人办理，宝钗又恐他们思想不到，亲来帮着，直闹至四更才歇。到底富家女子娇养惯的，心上又急，又苦劳一会，晚上就发烧。到了明日，汤水都吃不下。莺儿去回了薛姨妈。薛姨妈急来看时，只见宝钗满面通红，身如燔灼，话都不说。薛姨妈慌了手脚，便哭得死去活来。宝琴扶着劝薛姨妈。秋菱也泪如泉涌，只管叫着。宝钗不能说话，手也不能摇动，眼干鼻塞。叫人请医调治，渐渐苏醒回来。薛姨妈等大家略略放心。早惊动荣宁两府的人，先是凤姐打发人送十香返魂丹来，随后王夫人又送至宝丹来。贾母邢王二夫人以及尤氏等都打发丫头来问候，却都不叫宝玉知道。一连治了七八天，终不见效，还是他自己想起冷香丸，吃了三丸，才得病好。

[中医药释读]

根据文中所述，宝钗出现了满面通红、身如燔灼、不能说话、手也不能摇动、眼干鼻塞等高烧症状，我认为是得了热毒痹症。痹证是中医学中的病理综合证候病名，有闭阻不通之意，泛指邪气闭阻经络、脏腑所引起的多种疾病。《黄帝内经》记载了痹论，根据病邪偏胜和病变部位、症候特点，将痹证分为风痹（行痹）、寒痹（痛痹）、湿痹（着痹）、历节、痛风、周痹、血痹、气血痹、血虚痹、心痹、肝痹、脾痹、肺痹、肾痹、肠痹、胞痹、热痹等。宝钗属于热痹中的毒热痹。热痹又可分为五种：

1. 风热痹阻证：常伴出汗、发热、口渴等症状，可服用湿热痹胶囊或野木瓜片。

2. 湿热痹阻证：可伴关节或肌肉胀痛，或见皮损处硬结或红斑，伴有烦躁不安、周身沉重，可服用二妙丸或当归拈痛丸。

3. 寒热错杂、热重于寒证：肌肉关节红肿热痛、发热、恶冷，可服用防风通圣丸或滋肾丸改善。

4. 痰瘀热阻证：关节肌肉刺痛，痰核硬结或瘀斑，胸闷痰盛、面色晦暗等，可服用大活络丸。

5. 热毒证：可出现肌肉红肿发热、伴有高热，眼干鼻塞、心烦口渴、遇冷症状可缓解，可服用西黄丸、仙方活命饮、安宫牛黄丸等改善。

宝钗服用了十香返魂丹，由沉香、僵蚕、丁香、乳香、檀香、礞石、青木香、栝蒌仁、藿香、香附、降香、莲子心、诃子肉、郁金、天麻、甘草、麝香、琥珀、朱砂、牛黄、苏合香油、冰片、安息香等药制成，主治因七情气郁而致的神昏厥逆、牙关紧闭、痰涎壅盛、神志不清、语言狂乱、哭笑失常等精神病。后来还服用了至宝丹，又名局方至宝丹，由犀角、朱砂、雄黄、玳瑁、琥珀、麝香、冰片、牛黄、安息香等药制成，能开窍安神、清热解毒，主治中暑、中恶、中风、痰迷心窍等。书中说宝钗服后七八天终不见效，最后服了三丸冷香丸，病才好。冷香丸在本书第二章有介绍，是针对由胎带来的毒热，宝钗以前服用没什么效果，针对现在所患的热痹症倒见效了。但需要在此说明，是在服用十香返魂丹、至宝丹等名贵的芳香化浊、清热解毒的药的基础上，再服用冷香丸才好了的。那两种药不是没起作用，反而功不可没。

薛宝钗患热痹症是因为过于劳累。忙于处理哥哥薛蟠的官司、嫂子夏金桂大闹家务等烦心事造成宝钗免疫抵抗力下降，病邪乘虚而入。高热痹症是坏事，挺过来也是一件好事。高烧消灭了身上的病毒，达到体内的阴阳再平衡，提高了机体抗病免疫力。

针对宝钗的热毒证，还可服用仙方活命饮（由金银花、陈皮各9克，贝母、防风、赤芍、当归尾、甘草、炒皂角刺、炙穿山甲、天花粉、乳香、没药各6克，白芷3克组成），或西黄丸（由牛黄、麝香、乳香、没药四种药组成，除了具有抗菌消炎、抗病毒、抗结核作用，现在在临床上还可以用于各种癌症的辅助治疗），或安宫牛黄丸（主要成分有牛黄、水牛角浓缩粉[①]、麝香、珍珠、朱砂、雄黄、黄连、黄芩、栀子、郁金、冰片等）。中医将安宫牛黄丸与紫雪丹、至宝丹并称为"温病三宝"，将安宫牛黄丸奉为三宝之首，可用于热病、邪入心包、痰热壅闭心窍引起的高热惊厥、神昏谵语、中风昏迷等症状。现代用于治疗大脑炎、脑膜炎、中毒性脑病、脑出血、败血症、小儿惊厥等急诊症候。宝钗服用这三种药应该会有明显效果。

[①] 原配方用的是犀牛角，因犀牛为国家保护动物，替换为水牛角。

第三十九章

元春痰厥：导痰汤

[原文]

【第九十五回，第1343页第二段】忽一天，贾政进来，满脸泪痕，喘吁吁的说道："你快去禀知老太太，即刻进宫。不用多人的，是你伏侍进去。因娘娘忽得暴病，现在太监在外立等，他说太医院已经奏明痰厥，不能医治。"……

且说元春自选了凤藻宫后，圣眷隆重，身体发福，未免举动费力。每日起居劳乏，时发痰疾。因前日侍宴回宫，偶沾寒气，勾起旧病。不料此回甚属利害，竟至痰气壅塞，四肢厥冷。一面奏明，即召太医调治。岂知汤药不进，连用通关之剂，并不见效。内官忧虑，奏请预办后事。所以传旨命贾氏椒房进见。贾母王夫人遵旨进宫，见元妃痰塞口涎，不能言语，见了贾母，只有悲泣之状，却少眼泪。贾母进前请安，奏些宽慰的话。少时贾政等职名递进，宫嫔传奏，元妃目不能顾，渐渐脸色改变。内宫太监即要奏闻，恐派各妃看视，椒房姻戚未便久羁，请在外宫伺候。贾母王夫人怎忍便离，无奈国家制度，只得下来，又不敢啼哭，惟有心内悲感。朝门内官员有信。不多时，只见太监出来，立传钦天监。贾母便知不好，尚未敢动。稍刻，小太监传谕出来说："贾娘娘薨逝。"是年甲寅年十二月十八日立春，元妃薨日是十二月十九日，已交卯年寅月，存年四十三岁。贾母含悲起身，只得出宫上轿回家。

[中医药释读]

从书中所述可知，元春因痰厥而薨逝。痰厥是指因情志不畅或风寒闭肺，气郁寒收引起喉痹，或因风痰内动，痰阻气道，闭扰神明所致。这是一种以突然昏厥或神昏、喉间痰壅、肢厥，脉沉实为主要表现的厥病类疾病。本病大致相当于西医学所说的痰阻性晕厥或呼吸衰竭，血氧急剧下降，尤其心脑缺氧坏死，可导致脑性昏迷，心性搏动骤停而亡。此时要严密观察是否有痰涎阻塞，造成呼吸窒息的情况，如果发生应立即清除痰涎，解除痰阻塞，吸出痰涎，必要时可行气管切开术。中医可用导痰方剂，但文中提到给元妃"连用通关之剂，并不见效"。

通关散有猪牙皂（味辛性温、燥烈，入鼻则有取嚏之功，有祛痰、宣壅导滞功效，是为君药），鹅不食草（味辛性温，入肺、大肠二经，有祛风散寒、解毒利湿、截疟去寒、通鼻窍、祛风痰的功效），细辛（味辛性温，入肝、肾、膀胱三经，有辛温解表、散寒止疼、辛香通窍、温肺化饮、宣肺行水、散寒止呕、宣散浮热、温通经脉等功效）。鹅不食草和细辛为臣药。通关散适用于痰浊阻窍所致气闭昏厥、牙关紧闭、不省人事的通关开窍。每用少许，吹鼻取嚏，用于应急处理，中病即止。脑实质病变如脑血管病、颅脑外伤及癫痫所致的昏厥忌用。若热闭神昏或冷汗不止，脉微欲绝，由闭证转为脱证时，当回阳救逆，不可使用本药。孕妇慎用。

文中说元春进凤藻宫后，圣眷隆重，身体发福，举动费力，起居劳乏，时发痰疾。肥胖不但是一种身体状况，还是一种病态。人体肥胖，可以诱发高血脂、高血糖、高血压等疾病，使心脏功能下降，可影响性功能。对男性可致体内游离睾酮水平下降，造成性欲低下、阳痿早泄；对于女性可致月经紊乱、月经失调、闭经、不孕症。还可造成心理障碍，出现焦虑、抑郁、自卑等负面情绪，可直接引发脂肪肝、解毒能力下降、免疫力下降、消化酶减少、胆汁分泌减少，脂肪乳化功能下降，并发胆囊炎、胆结石诸病，还可加重骨骼关节负担及磨损，易疲劳导致关节炎。中医认为肥胖之人多痰湿，影响脾运化功能，"脾为生痰之器，肺为贮痰之器"。肥胖之人还易患咳喘病、肺心病等。

人到四十，天过午。元春的抵抗力随年龄增长而下降，加上后宫内嫔妃争斗，更添气恼，难免雪上加霜。人活一口气，一口气上不来，便一命呜呼。

贾元春是贾府四姐妹中的老大，因为在大年初一出生，故名元春。后由公侯小姐选为宫廷女史，再晋升为凤藻宫尚书，直至贤德妃，达到了封建社会妇女所能达到的十分尊贵的地位。贾元春也给贾府带来了鲜花着锦之盛。曹雪芹诗云："二十年来辨是事，榴花开处照宫闱。三春争及初春景，虎兔相逢大梦归。"从中不难发现，尽管后来贵为皇妃，但元春结局却很悲惨。她身处两派政治势力斗争的漩涡中无力自拔，那两派势力其实曹雪芹很早就埋下暗线，即以北静王为代表的先帝势力和以忠顺王为代表的新生势力。文中虽说元春是因痰厥而死，有红学家却说她是被弓箭的弦给勒死的，这里我也略展开说说。

曹雪芹在创作《红楼梦》时使用了大量的谐音字，除了"家血亡史"和"原应叹息"等几处耳熟能详的地方外，在丫鬟的取名上也是大费心思。"四春"姐妹身边的几个大丫鬟的名字就颇有寓意。元春的丫鬟叫作"抱琴"，迎春的丫鬟叫"司棋"，探春的丫鬟叫"侍书"，惜春的丫鬟叫"入画"。表面看起来是讲"琴棋书画"，也特别迎合每位主子的性格特点，但是仔细琢磨，可以发现丫鬟的名字暗藏了每位主子的人生结局。

司棋的谐音是"死棋"，侍书的谐音是"逝输"，入画的谐音是"入化"。那么元春的丫鬟抱琴，谐音就是"暴寝"。说得直白些，元春或许是在深夜熟睡之际暴毙，甚至很可能是皇帝亲自下旨勒死的。而这个琴字也颇有玄机，可以理解为二王压顶、二王压今，虽然可能是由皇帝下旨勒死，

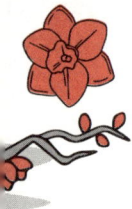

实则是在二王压顶的争斗中牺牲的。

由于程高本续写的后四十回中关于元春死于痰厥的说法与曹雪芹在原著中给元春的判词以及多处寓意明显的暗指相悖，因此不被后世采信与认同。我只是以续文的本文释解。

针对元春的痰厥症，在我几十年的中医药临床实践中，有特别的感受和总结。中医认为人之病即气血病，我认为还必须加上痰湿病这一项。它不但是病症的结果，还是致病因素。病伴有痰湿因素，则像用油和面，缠缠绵绵，难解难分。例如肿瘤病、精神病等基本上无法治愈，就是有痰湿的原因在。中医认为百病生于痰，而千古化痰祛湿第一方是为二陈汤，出于《太平惠民和剂局方》，由陈皮、半夏、茯苓、炙甘草四味药组成，用时加生姜同煎服。在此基础上衍化出来导痰汤，出自《济生方》，功效是燥湿豁痰、行气开郁，主治痰涎壅盛、胸膈痞塞，或咳嗽恶心、饮食少思。

导痰汤：制半夏6克，橘红、茯苓、枳实、胆南星各3克，甘草2克，加生姜五片，症状再重者可加竹茹15克、天竺黄10克。痰黄黏稠，在导痰汤基础上加黄芩、桔梗各10克。便干，加莱菔子、瓜蒌子各10克。如喘，在此基础上加苍术10克、麻黄3克等，不一而述。

第四十章

贾宝玉丢玉，痴呆疯癫

[原文]

【第九十四回，第1332页第三段】且说那日宝玉本来穿着一裹圆的皮袄在家歇息，因见花开，只管出来看一回，赏一回，叹一回，爱一回的，心中无数悲喜离合，都弄到这株花上去了。忽然听说贾母要来，便去换了一件狐腋箭袖，罩一件元狐腿外褂，出来迎接贾母。匆匆穿换，未将通灵宝玉挂上。及至后来贾母去了，仍旧换衣。袭人见宝玉脖子上没有挂着，便问："那块玉呢？"宝玉道："才刚忙乱换衣，摘下来放在炕桌上，我没有带。"袭人回看桌上并没有玉，便向各处找寻，踪影全无，吓得袭人满身冷汗。

【第九十五回，第1347页第一段】贾母听了，急得站起来，眼泪直流，说道："这件玉如何是丢得的！你们忒不懂事了，难道老爷也是撂开手的不成！"……贾母咳道："这是宝玉的命根子。因丢了，所以他是这么失魂丧魄的。还了得！"……宝玉听了，终不言语，只是傻笑。

【第1348页第一段】那宝玉见问，只是笑。袭人叫他说"好"，宝玉也就说"好"。王夫人见了这般光景，未免落泪，在贾母这里，不敢出声。……王夫人去后，贾母叫鸳鸯找些安神定魄的药，按方吃了。不题。

【第1350页第一段】这时宝玉正睡着才醒，凤姐告诉道："你的玉有了。"宝玉睡眼朦胧，接在手里也没瞧，便往地下一撂道："你们又来哄我了。"说着只是冷笑。凤姐连忙拾起来，道："这也奇了，怎么你没瞧就知道呢。"宝玉也不答言，只管笑。

[中医药释读]

《红楼梦》是一本经典小说，允许接受曹雪芹等作者对故事合情理的编写和一定程度的胡诌。宝玉丢玉只是故事情节发展的一个必要转折点，不然故事发展不下去了。我不讨论宝玉是不小心丢玉还是故意丢玉，还有宝玉丢玉后变成痴呆疯傻也不是人物自己能控制的，这源于作者赋予宝玉的人物特性。

曹雪芹在书中描写的宝玉，性格里有痴的成分，这个痴是执着、实诚的意思。但是丢失玉后，变成痴呆，便是病态，而且有疯癫之状，精神显得不正常了。痴呆多见于老年人，与老年人脑动脉硬化，大脑神经供血供氧不足有关，又称阿尔兹海默病。

痴呆又叫呆病。按中医辨证，多因肝气郁结，克伐脾胃；或起居失节，吃寒凉油腻食物，脾胃受伤，以致痰湿内生，蒙蔽心窍所致。症见终日不言不语，不饮不食，忽笑忽哭，与之美馔则不受，与之粪秽则无辞；与之衣则不服，与之草木之叶则反喜；或终日闭户独居，口中喃喃，多不可解；或将自己衣服用针线密缝；或将他人物件深深掩藏；与之饮食，时用时不用，常数日不食，而不呼饥等等不一。宜以治痰、化痰、涤痰为主。《辨证录》有转呆丹（由人参、白芍、当归、半夏、柴胡、枣仁、附子、菖蒲、神曲、茯神、天花粉、柏子仁组成）、指迷汤（由人参、白术、半夏、神曲、南星、甘草、陈皮、菖蒲、附子、肉豆蔻组成）、启心救胃汤（由人参、茯苓、白芥子、菖蒲、神曲、半夏、南星、黄连、甘草、枳壳组成）、苏心汤（由白芍、当归、人参、茯苓、半夏、栀子、柴胡、枣仁、吴茱萸、黄连组成）等辨证方施用。贾母叫鸳鸯给宝玉找些安神定魄的药，大概也是上述方剂药，或者是朱砂安神丸、柏子养心丹之类。

宝玉的病归根到底就是一个"痴"字，也可以说宝玉每次发病十有八九都是因为林黛玉。宝玉对林妹妹用情至深，是要用心去体会的。而他对林妹妹的感情也是一种"痴"的感情。

中医认为，人患病的外因多是由于风、寒、暑、湿、燥、火等六淫所致；内因多是由于喜、怒、哀、乐、爱、恶、欲等七情及生、死、眼、耳、鼻、口等六欲所患。宝玉、黛玉等书中人的病多是由内因所引起。所谓"气"为万病之长，万病皆由"气"而生，就是在说人们的心态与健康息息相关。

第四十一章

林黛玉绝望求速亡

[原文]

【第九十六回，第1359页第一段】黛玉听了，才知他是贾母屋里的，因又问："你叫什么？"那丫头道："我叫傻大姐儿。"黛玉笑了一笑，又问："你姐姐为什么打你？你说错了什么话了？"那丫头道："为什么呢，就是为我们宝二爷娶宝姑娘的事情。"黛玉听了这句话，如同一个疾雷，心头乱跳。略定了定神，便叫了这丫头"你跟了我这里来。"那丫头跟着黛玉到那畸角儿上葬桃花的去处，那里背静。黛玉因问道："宝二爷娶宝姑娘，他为什么打你呢？"傻大姐道："我们老太太和太太二奶奶商量了，因为我们老爷要起身，说就赶着往姨太太商量把宝姑娘娶过来罢。头一宗，给宝二爷冲什么喜，第二宗——"说到这里，又瞅着黛玉笑了一笑，才说道："赶着办了，还要给林姑娘说婆婆家呢。"……

那黛玉此时心里竟是油儿酱儿糖儿醋儿倒在一处的一般，甜苦酸咸，竟说不上什么味儿来了。停了一会儿，颤巍巍的说道："你别混说了。你再混说，叫人听见又要打你了。你去罢。"说着，自己移身要回潇湘馆去。那身子竟有千百斤重的，两只脚却像踩着棉花一般，早已软了……

【第1361页第一段】（黛玉自己走进屋）看见宝玉在那里坐着，也不起来让坐，只瞅着嘻嘻的傻笑。黛玉自己坐下，却也瞅着宝玉笑。两个人也不问好，也不说话，也无推让，只管对着脸傻笑起来。……忽然听着黛玉说道："宝玉，你为什么病了？"宝玉笑道："我为林姑娘病了。"袭人紫鹃两个吓得面目改色，连忙用言语来岔。……

黛玉出了贾母院门，只管一直走去。……离门口不远，紫鹃道："阿弥陀佛，可到了家了。"只这一句话没说完，只见黛玉身子往前一栽，哇的一声，一口血直吐出来。

【第九十七回，第1362页第一段】原来黛玉因今日听得宝玉宝钗的事情，这本是他数年的心病，一时急怒，所以迷惑了本性。及至回来吐了这一口血，心中却渐渐明白过来，把头里的事一字也不记得了。这会子见紫鹃哭，方模糊想起傻大姐的话来，此时反不伤心，惟求速死，以完此债。

【第1363页第一段】半日又咳嗽了一阵，丫头递了痰盒，吐出都是痰中带血的。大家都慌了。只见黛玉微微睁眼，看见贾母在他旁边，便喘吁吁的说道："老太太，你白疼了我了！"贾母一闻此言，十分难受，便道："好孩子，你养着罢，不怕的。"黛玉微微一笑，把眼又闭上了。外面丫头进来回凤姐道："大夫来了。"于是大家略避。王大夫同着贾琏进来，诊了脉，说道："尚不妨事，这是郁气伤肝，肝不藏血，所以神气不定。如今要用敛阴止血的药，方可望好。"王大夫说完，同着贾琏出去开方取药去了。

【第九十八回，第1383页第三段】这里黛玉睁开眼一看，只有紫鹃和奶奶并几个小丫头在那里，便一手攥了紫鹃的手，使着劲说道："我是不中用的人了。你伏侍我几年，我原指望咱们两个总在一处。不想我……"说着，又喘了一会子，闭了眼歇着。……半天，黛玉又说道："妹妹，我这里并没亲人。我的身子是干净的。你好歹叫他们送我回去。"说到这里，又闭了眼不言语了。那手却渐渐紧了。喘成一处，只是出气大入气小，已经促疾的很了。……

探春过来，摸了摸黛玉的手已经凉了，连目光也都散了。……猛听黛玉直声叫道："宝玉，宝玉，你好……"说到"好"字，便浑身冷汗，不作声了。紫鹃等急忙扶住，那汗愈出，身子便渐渐的冷了。探春李纨叫人

乱着拢头穿衣，只见黛玉两眼一翻，呜呼，香魂一缕随风散，愁绪三更入梦遥！

[中医药释读]

黛玉之死，是《红楼梦》最重要的女主人公的悲剧结局，也是贾府走向衰败的标志。

我在本书第一章便以"林黛玉与人参养荣丸"为题，讲述林黛玉初次来到贾府，"身体面庞怯弱不胜"，是典型的脾胃虚弱、营养不良的病态，自三岁起就吃人参养荣丸。

痨病也就是现在所说的结核病，患者大多是营养不良、体质虚弱者。传染病也称病邪，专攻体质弱、正气虚者，即所谓"正气存内，邪不可干。邪之所凑，其气必虚"。这也是痨病多见肺痨的原因。首先，呼吸对于人的生存比吃饭喝水还重要。其次，人活着还离不开吃喝，离不开脾胃吸收消化营养。所以中医认为"脾胃为后天之本"，肾为先天之本，肾先天不足可以靠脾胃后天滋养。中医讲"脾土生肺金"，肺气的阴阳功能有赖于脾胃功能的盛衰。肺功能不好的人一般脾胃功能也不好。脾胃消化吸收功能不好的人容易抵抗力下降，很容易通过呼吸吸入病毒，造成呼吸道包括肺部感染，其中的肺结核杆菌感染，也就是肺痨。肺结核杆菌通过痰飞沫、灰尘吸入传播，容易成为流行性传染病。林黛玉脾胃功能不好，抵抗力下降，很可能较早就感染上了，成为年轻的老痨病患者了。贾府不乏肺痨的传染流行，例如晴雯也是因为肺痨而亡。在本书三十一章及三十四章有详述，在此不叙。

痨病在当时几乎是不治之病，患病者十有九死。即使有良好的营养条件、医药条件也几乎不能幸免，包括林黛玉也如此。对于林黛玉而言，心中憧憬的是和贾宝玉有美满的姻缘，却遭到现实无情冷酷的打击，活命的最后一根稻草也没有了。心理上遭到致命一击，没有亲人，孤立无援，"惟求速死，以完此债"。临死前，黛玉的意识是清醒的，彻底放下了继续生存的意念。咽气前最后直声叫道："宝玉，宝玉，你好……"没说出最后关键一个字，留给人遐想。可能是个"狠"字，也未可知。

按现代医学，对黛玉的死亡诊断可能是：肺部感染、呼吸衰竭、支气管扩张、肺纤维化、肺空洞、肺源性心脏病、心力衰竭、失血性休克、低氧血症、水电解质失衡等。

书中王太医给黛玉开具的敛阴止血的药是什么药呢？据考证，对于肺结核咳血的有效方剂有咳血方、百合固金丸、十灰散等（出自《丹溪心法》）：

咳血方：青黛水飞6克、瓜蒌仁去油9克、海蛤粉9克、炒山栀子9克、诃子6克，作汤剂，或研末炼蜜为丸，每服9克，每日二次。

百合固金丸：百合、生地、川贝母、元参各10克，当归、白芍各7克，桔梗、甘草各5克，共研细末，水泛为丸，每服6克，每日二次。

十灰散：大蓟、小蓟、荷叶、侧柏叶、白茅根、茜根、栀子、大黄、丹皮、棕榈皮各9克，烧灰存性，用藕汁调服15克，每日2~3次。

根据《红楼梦》前八十回的判词、判曲，以及脂砚斋的批语，荣国府上下皆认定林黛玉就是贾宝玉的未来妻子，是荣国府未来的宝二奶奶。但由于黛玉病死，木石姻缘成了水中月、镜中花。纵观全书，多处伏笔暗示林黛玉去世在前，二宝成亲在后，也没有所谓的金玉良缘与木石姻缘的对抗阴谋。在第十八回元妃省亲时曾点了四出戏："少时，太监出来，只点了四出戏。第一出,《豪宴》(出自《一捧雪》,隐伏贾家之败);第二出,《乞巧》(出自《长生殿》,隐伏元妃之死);第三出,《仙缘》(出自《邯郸记》,隐伏甄宝玉送玉);第四出,《离魂》(出自《牡丹亭》,隐伏黛玉之死)。"

《离魂》暗示了林黛玉的死因:在《牡丹亭》中,杜丽娘爱上了梦里的书生柳梦梅,思念成疾,死后埋葬在梅花观,直到日后柳梦梅来到梅花观,杜丽娘才复活,重新成就两人姻缘。红学家据此猜测,林黛玉自患重疾,却一心诚念嫁给贾宝玉,最终没有等到木石姻缘实现的那一天,遗憾去世了。而黛玉死后,薛宝钗才成了宝二奶奶的下一任人选。

但是程高本的后四十回,将这个过程阴谋化了,特别安排王熙凤献"调包计",贾母、王夫人等暗箱操作,欺骗贾宝玉迎娶的是林黛玉,实则娶的是薛宝钗。也就是在二宝成亲的当夜,林黛玉万念俱灰,撒手人寰,一缕香魂飘散,再难寻觅。而精于算计的王熙凤愚蠢地献出"调包计",让薛宝钗成为贾府的"宝二奶奶",日后就会取代凤姐当了大管家,可以说是搬起石头砸自己的脚,自毁前程。而且"暗娶"计划也是漏洞百出。贾家、薛家皆属金陵四大家族,贾家为了自家选择"暗娶",很荒唐也丢面子,薛家明知这事阴暗不堪,居然掉价跟着配合,简直是荒唐中的荒唐了!

站在神话角度,林黛玉乃是绛珠仙子下界,是报神瑛侍者灌溉之恩,一朝泪尽,便是归去时,此乃天命。

由于我是《红楼梦》及原作者曹雪芹的崇拜者,看到程高本的《红楼梦》后四十回,在宝玉和宝钗举行婚礼之夜,林黛玉悲怨仙逝时心中有误解、遗憾,所以我也像一些读者一样,想知道林黛玉仙逝后如何呢?在此借本书做个交代,斗胆一续,以慰心结。

(附)

黛玉仙逝后遐想

话说那空空道人自从在悼红轩中将抄录的《石头记》付与曹雪芹删改传世之后，就听闻果然引起洛阳纸贵之景。空空道人心下甚喜，以为："不负我抄录了这段奇文，有功于世，诚非浅鲜。"

那石头底下历历书云：当日贾雨村在急流津觉迷渡口草庵中一觉睡醒，睁眼看时，只见甄士隐尚在那边蒲团上面打坐，便连忙站起身来向前倒身下拜道："弟子自蒙老仙长恩赠以来，尝遍了红尘甘苦，历尽了宦海风波，如今就像那卢生梦醒，只求老仙长收录门墙，弟子就始终感德不朽了。"甄士隐便笑着拉他起来，说道："老先生，你我故交，何必如此，我方不说'一念之间，尘凡顿易'么？"贾雨村道："弟子自那日火焚草亭之时，不能醒悟，所谓'下愚不移'，以致才有今日。此刻想起当初，真是不堪回首。多蒙老仙长不弃庸愚，两番指教，弟子敢不从今斩断尘缘，一心无挂碍乎？"甄士隐道："苦海无边，回头是岸。可记得我从前说过，要知道真即是假，假即是真。你我至交，不必拘于形迹，以后万万不可如此称呼。"贾雨村道："从前之富贵利达，皆赖恩师之扶助，此日之勘破浮生，又荷恩师之指教。是恩师之于弟子所谓'起死人而骨肉之者也'，刻骨铭心，方且不朽。若再称谓不分，则尊卑莫辨，弟子于心何安呢？"甄士隐道："世人之拘执者，即不能神化，然则贾兄仍是富贵利达中人，不能作方外之游者也。小弟就请从此辞矣。"

贾雨村道："前闻太虚幻境之名，又有仙草通灵之说，竟使人茫然不解，要请教到底是何处何物呢？"甄士隐道："太虚幻境，即是真如福地，又名离恨天，又名芙蓉城。那东坡有诗云，'芙蓉城中花冥冥，谁其主者石与丁。'也就是这个地方。此处有一绛珠仙草，原生于灵河岸三生石畔，因雨露愆期，渐就萎蔫。曾有个神瑛侍者，日以甘露浇灌她，她受了日月的精华，秉了山川的灵气，故能脱化为人，就感激神瑛侍者浇灌之恩，愿以她一生的眼泪酬德。此时亦已缘尽，归入太虚。此人即林黛玉，还是贾兄当日的女学生呢。"雨村道："林黛玉自他父亲林如海亡后，她便在外祖母家贾府居住未回，如今也不过十六七岁罢了。那贾宝玉不是她表兄么？"士隐道："贾宝玉就是神瑛侍者。侍者随身的宝玉，乃是女娲补天所剩下来未用的一块顽石，在青埂峰下多年，因为是女娲氏炼过的，故能通灵。神瑛侍者又因与绛珠草有一段情缘，故投胎衔玉而生，化名为宝玉。那宝玉的后身，又为石曼卿，乃是芙蓉城主。"贾雨村道："如此说来，那贾宝玉与林黛玉是成了姻缘了么？"甄士隐摇头道："彼此俱有此心而不能成就，所谓以眼泪偿还者，此也。一则饮恨而亡，一则悔悟为僧。当其两相爱慕，又为中表至戚，髫年常共起居，此天生之姻缘，不问而可知矣。谁知竟不能如意。正所谓混沌留馀，人生缺陷。岂不闻'有缘千里能相会，无缘对面不相逢'。宝玉、黛玉只有情缘而无姻缘者，皆因造化弄人，故尔分定如比。"

却说林黛玉自那日死后，一点灵魂离了大观园潇湘馆，悠悠荡荡。忽然听见迎面似有鼓乐之声，睁眼看时，只见绣幢翠盖飘扬而来，又有女童数辈上前口称："迎接潇湘妃子"。黛玉忽觉身坐轿中，低头一看，只见自己华冠绣服，并非家常打扮。心下正在惊疑不定，少顷，忽进一垂花门，只见两旁游廊、层栏、曲榭，下了轿时，又有许多仙女搀入正房中坐下，两旁十数个仙女上来参见磕头。黛玉立起身来看时，内中却有两个人甚是面熟，只是一时又想不起来她是谁来，因问道："你们两个叫什么名字？"那两个人回道："我是晴雯。我是金钏。怎么姑娘倒忘记了我们，都记不得了么？"因一齐说道："请姑娘安。"便重新要跪下去。黛玉忙拉起两人，道："我说怎么这么面熟呢，原来是晴雯姐姐、金钏姐姐，你们怎么得在一块儿的？都来了好些时候了么？"晴雯道："金钏儿来的早些。"黛玉道："这会子我心里越发糊涂了。这里可是阴间不是？"晴雯道："我初来也不知道什么，过了些时才明白了。这里叫作'太虚幻境'，有个警幻仙姑总理这里的事，说我们都是这里册子上有名的人，故此归根都要到这儿来的，总算是仙境的地方儿就是了。"

到了次日，一早起来，梳洗已毕，黛玉便叫晴雯引她到警幻仙姑处去。晴雯便与金钏同众仙女尾随着黛玉步行前去。向东转北，不多一时，早到了警幻仙姑门首。进得宫门，早见警幻仙姑带领着痴梦仙姑、钟情大士、引愁金女、度恨菩提一群仙子迎接出来，黛玉连忙上前施礼道："弟子下界凡愚，深闺弱质，偶因一念痴情，遂尔顿捐身命，仰求仙姑指示迷途，三生有幸。"警幻连忙携手相搀，笑道："贤妹不必过谦，你我原系姊妹，因你有一段姻缘，故尔谪降尘寰了此宿债。今日缘满归来，且请坐下，等我慢慢儿地告诉你便会明白了。那时，贤妹乃灵河岸三生石畔的一株仙草，名曰绛珠草，因雨露愆期，日渐蔫萎。神瑛侍者日以甘露浇灌，故复润泽葱菁。这绛珠

第四十一章　林黛玉绝望求速亡

仙草后来得受日月精华，秉了山川灵气，乃转化为人。因欲酬甘露之德，竟将一世眼泪偿还。故你与宝玉生前缱绻，死后缠绵，也不过是以泪偿情而已。"黛玉又道："弟子与宝玉既是以泪偿情，如何他又有负心之事呢？"警幻笑道："莫之为而为者，天也；莫之致而致者，命也。我且给你瞧一个东西。"

一女童去不多时，早抱着一摞册子，笑嘻嘻地走进来，放在中间小炕桌儿上。黛玉便将金陵十二钗的正册揭开看时，只见头一页上画着两株枯木挂着一条玉带，下面画着一堆雪，雪里一股金簪，后面一首五言绝句道："堪叹停机德，谁怜咏絮才。玉带林中挂，金簪雪里埋。"林黛玉念了两遍，早已明白，笑问警幻道："此诗不过是藏着我和宝姐姐的名姓而已，还是另有何说呢？"警幻道："你只细玩这个叹字、怜字，就可以明白了。"黛玉道："原来就在这两个字上头分别，且如弟子算得薄命，原该可叹可怜。若说宝姐姐，她如今诸事顺遂，有何可叹可怜的呢？"警幻道："人之薄命，遭际各有不同，未可一概而论。""未来天机，不便泄露。你既然好奇你宝姐姐，我有宝镜一面你可拿去，到三更人静之时，休看正面，只将镜子背面一照，便知分晓。"黛玉接来，掀开套儿，只见镜子正面背面皆可照人，便递与晴雯收好。警幻道："宝玉与贤妹未投胎之前，宝玉在人世于宋朝为石曼卿，游戏尘寰，姓不离石，死后仍归于此，为芙蓉城主。后因贤妹降谪人世，故石头又转为宝玉，以了情缘。将来芙蓉城主自有归还之日，而贤妹终有会面之期也。"黛玉立起身来道："弟子还未到赤霞宫谒见元妃，明日再来领教吧。"警幻道："有劳贤妹玉趾先施，恕愚姊今日不能回拜了。"于是二人携手相送，出门而别。

第四十二章

林黛玉回光返照：桂圆汤和梨汁

[原文]

【第九十八回，第1383页第二段】到了晚间，黛玉却又缓过来了，微微睁开眼，似有要水要汤的光景。此时雪雁已去，只有紫鹃和李纨在旁。紫鹃便端了一盏桂圆汤和的梨汁，用小银匙灌了两三匙。黛玉闭着眼睛养了一会子，觉得心里似明似暗的。此时李纨见黛玉略缓，明知是回光返照的光景，却料着还有一半天耐头，自己回到稻香村料理了一回事情。

[中医药释读]

桂圆肉[①]，有镇静、健胃的药理作用。味甘、性温，归心、脾二经。具有补益心脾、养血安神的功效。常和酸枣仁、石菖蒲、柏子仁、莲肉、芡实、生姜等配伍使用。桂圆是上品中药，是药食同源佳品，药膳配伍中常使用之。

林黛玉回光返照之际，喝了桂圆汤和梨汁后，觉得心里似明似暗，有缓和之象，一是因此汤剂可补充血容量；二是因汤中内含大量葡萄糖，可补充能量；三是因发挥了一些药效。梨的成分在三十三章"疗妒汤"中有介绍。《红楼梦》的作者极善于用人名、药名、食物名字来做隐喻。林黛玉

[①] 又名龙眼肉、元肉。也有称木弹、骊珠、密脾、燕卵、圆眼、鲛泪等。龙眼是常绿乔木，高达10米以上，为无患子科植物。花期3—4月，果期7—9月。分布于中国福建、台湾、广西、广东、四川、贵州、云南等地。化学成分主要是葡萄糖，还有蔗糖、酒石酸、含氮物、蛋白质和脂肪等。

此时临终前喝下桂圆汤和的梨汁，我将桂圆理解为天龙眼，龙眼也可理解为老天，老天看到了黛玉（梨汁）离之。此外，在《红楼梦》中至少还有两回提到桂圆。

在第六回中，宝玉在太虚幻境初试云雨后，接着梦见险些被海鬼夜叉拖下地狱，迷瞪瞪醒来，神魂不定，"众人忙端上桂圆汤来。呷了两口，遂起身整衣"。

在第一百一十五回中，这一回写贾母、凤姐、元春、黛玉均已亡故，宝玉迷失了心性，结果一和尚把丢了的玉还回来了，宝玉渐渐好转，待要坐起身，麝月见状欢喜得忘了情，顺口说："真是宝贝，才看见了一会儿就好了。亏的当初没有砸破。"宝玉听了这话，神色一变，把玉一撂，身子往后一仰，复又死去，急得王夫人等哭叫不止。这时宝玉魂魄出窍，回到太虚幻境，尽见一些死过的人：黛玉、元春、尤三姐、鸳鸯、晴雯、凤姐、秦可卿、迎春等人。正在大家围着宝玉的魂魄哭泣之时，宝玉"哎呦"一声，叫着醒来。原来是"王夫人叫人端了桂圆汤叫他喝了几口，渐渐的定了神。"一句是宝玉"呷了两口，遂起身整衣"，一句是"渐渐的定了神"，黛玉则是"觉得心里似明似暗的"。桂圆汤真的有如此神奇吗？或许就是预示天意如此罢了。

第四十三章

尤氏遭阴邪

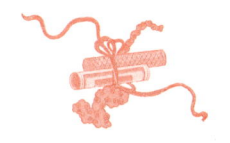

[原文]

【第一〇二回，第1425页第二段】那日尤氏过来送探春起身，因天晚省得套车，便从前年在园里开通宁府的那个便门里走过去了。觉得凄凉满目，台榭依然，女墙一带都种作园地一般，心中怅然如有所失，因到家中，便有些身上发热，扎挣一两天，竟躺倒了。日间的发烧犹可，夜里身热异常，便谵语绵绵。贾珍连忙请了大夫看视。说感冒起的，如今缠经，入了足阳明胃经，所以谵语不清，如有所见，有了大秽（粪便）即可身安。尤氏服了两剂，并不稍减，更加发起狂来。

贾珍着急，便叫贾蓉来打听外头有好医生再请几位来瞧瞧。贾蓉回道："前儿这位太医是最兴时的了。只怕我母亲的病不是药治得好的。"贾珍道："胡说，不吃药难道由他去罢。"贾蓉道："不是说不治。为的是前日母亲从西府去，回来是穿着园子里走来家的，一到了家就身上发烧，别是撞客着了罢？外头有个毛半仙，是南方人，卦起的很灵，不如请他来占卦占卦，看有信儿呢，就依着他，要是不中用，再请别的好大夫来。"贾珍听了，即刻叫人请来。

【第1430页第二段】三位法官行香取水毕，然后擂起法鼓，法师们俱戴上七星冠，披上九宫八卦的法衣，踏着登云履，手执牙笏。便拜表请圣。又念了一天的消灾驱邪接福的《洞元经》，以后便出榜召将。榜上大书"太乙混元上清三境灵宝符录演教大法师行文敕令本境诸神到坛听用。"……只见法师叫众道士拿取瓶罐，将妖收下，加上封条。法师朱笔书符收禁，

令人带回在本观塔下镇住,一面撤坛谢将。

贾赦恭敬叩谢了法师。……那些下人只知妖怪被擒,疑心去了,便不大惊小怪,往后果然没人提起了。贾珍等病愈复原,都道法师神力。

[中医药释读]

尤氏作为贾府大奶奶,名不副实,两个妹妹尤二姐、尤三姐惨死。贾府皇妃元春、林黛玉等先后逝去,阳气日衰,阴气渐盛,冤魂游荡。俗话说,没有内热,不生外寒。尤氏心有虚热,步行穿过凄凉满目、阴气逼人的园子,遭遇阴邪、寒邪,首先侵入肌体的太阳经。

太阳病,首先是体表肌肤上所表现出来的证候和太阳经所经过的身体部位所现出来的证候,包括太阳伤风、太阳伤寒以及太阳温病等。外感太阳病,身体强壮的七天一般会自愈,如果一周不愈,病邪就会向里传了。病邪向里传有两种:一是入阳明,二是入少阳。阳明病就是邪进入胃及大肠系统,病人就会产生燥热,即所谓的阳明腑证。身体强壮者患阳明病无寒证,全是热症,而且会有饥饿感、能吃、全身冒冷汗,全身发热,大便秘结,排不出来。表邪如果传到阳明,病邪就不会再往里走,到此为止。分两种情况,一则虽然发热出汗,面目通红,但是大便不干结,这时就用白虎汤;如果在胃的下方有东西壅堵,便秘,肚子痛,患者呈现的症状是朝食暮吐,说明这个东西堵在胃里面,这时候用大黄甘草汤。有的人表邪进入少阳,寒热往来。少阳如果没有治好的话,就进入阴经。阳在外面,是指腑;阴是里面,是指脏。表邪进入阴经就进入肝、心、脾、肺、肾,入内脏了。

白虎汤: 生石膏30克、粳米20克、知母、甘草各10克。
大黄甘草汤: 大黄12克、生甘草3克。

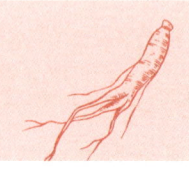

少阳病，也就是邪进入胆经和三焦经，在西医中就是淋巴系统和内分泌系统异常。症状是寒热往来，口苦、咽干甚至目眩。病邪在太阳的时候，病人只会感觉到寒，怕冷怕风；而病邪进入到少阳，患者会忽冷忽热，两个太阳穴疼痛，间有恶心呕吐，甚至身体转侧疼痛。有两种汤剂可以治疗少阳病，小柴胡汤（由柴胡、黄芩、人参、半夏、炙甘草、大枣、生姜组成）及大柴胡汤（由柴胡、黄芩、大黄、枳实、半夏、白芍、大枣、生姜组成）。

六经传变的顺序是太阳→阳明→少阳→太阴→少阴→厥阴。《素问·阴阳应象大论》中说："六经为川，肠胃为海。"《灵枢·百病始生》写道："六经不通，四肢节痛，腰脊乃强。"六经各分手足，分之即为十二经。也可以配六气，太阳寒水，阳明燥金，少阳相火，太阴湿土，少阴君火，厥阴风木。一年主气传递是相反的：厥阴风木→少阴君火→少阳相火→太阴湿土→阳明燥金→太阳寒水。表明一年四季春、夏（前夏、后夏）、秋、冬四季症候。

本章所讲尤氏太阳病侵入，传进阳明病，就释解于此，感兴趣者可去深究。而尤氏本应有了大秽，即可身安。服了两剂药，不但不见其疗效，反而"更加发起狂来"。贾蓉回答贾珍，为尤氏请的是最好的大夫了，用药治不好，定是被鬼邪冲撞，不如请位叫毛半仙的道士，占卦一下，也就是俗话说的"叫魂"，没想到竟真有效。

第四十三章 尤氏遭阴邪

第四十四章

贾母气逆、凤姐气厥：疏气安神药

[原文]

【第一〇五回，第1460页第一段】（锦衣军查抄宁国府）贾母等听着发呆。又见平儿披头散发拉着巧姐哭啼啼的来说："不好了，我正与姐儿吃饭，只见来旺被人拴着进来说：'姑娘快快传进去，请太太们回避，外面王爷就进来查抄家产。'我听了着忙，正要进房拿要紧东西，被一伙人浑推浑赶出来的。咱们这里该穿该带的快快收拾。"王邢二夫人等听得，俱魂飞天外，不知怎样才好。独见凤姐先前圆睁两眼听着，后来便一仰身栽到地下死了。贾母没有听完，便吓得涕泪交流，连话也说不出来。

【第1463页第二段】邢夫人进去，见凤姐面如纸灰，合眼躺着，平儿在旁暗哭。邢夫人打谅凤姐死了，又哭起来。平儿迎上来说："太太不要哭。奶奶抬回来觉着象是死的了，幸得歇息一回苏过来，哭了几声，如今喘息气定，略安一安神。太太也请定定神罢。但不知老太太怎样了？"

【第一〇六回，第1466页第一段】话说贾政闻知贾母危急，即忙进去看视。见贾母惊吓气逆，王夫人鸳鸯等唤醒回来，即用疏气安神的丸药服了，渐渐的好些，只是伤心落泪。

【第一〇七回，第1482页第三段】凤姐正在气厥。平儿哭得眼红，听见贾母带着王夫人、宝玉、宝钗过来，疾忙出来迎接。……凤姐开眼瞧着，只见贾母进来，满心惭愧……贾母道："那些事原是外头闹起来的，与你什么相干。就是你的东西被人拿去，这也算不了什么呀。我带了好些东西给你，任你自便。"说着，叫人拿上来给他瞧瞧。凤姐本是贪得无厌的人，如今被抄尽净，本是愁苦，又恐人埋怨，正是几不欲生的时候，今儿贾母仍旧疼他，王夫人也没嗔怪，过来安慰他，又想贾琏无事，心下安放好些。

[中医药释读]

宫廷内斗的结果，是皇帝下旨，以贾赦结党营私、欺男霸女、不当获利等罪名，查办贾赦，将贾府抄家，资产充官，革去世职。但贾府与北静王、西平王以往交好，经过交换条件与周旋，仅把贾赦流放，仍让贾政沿袭、承袭荣国公。但这一风波、打击，使贾府更加走向衰败，彻底涤荡了贾府养尊处优的环境。物质、利益严重冲击破坏；精神情绪打击更大，尤其对贾府的精神领袖贾母、贾府的经济、后勤总管凤姐，两人均气逆、气厥，奄奄一息，几近死去。

文中讲贾府突然遭遇变故，贾母气逆、凤姐气厥，都是因精神打击所致。二者有何区别呢？气逆症是一种实症气逆，由于脏腑受到损伤，机能紊乱，使得气上逆不顺而出现的病变证候。肺气主肃降、胃气主降、肝气主疏泄，都是升降有常，这是其功能、症候。但当邪气侵犯这几个脏器时，它就会出现气逆现象。胃气上逆就会出现恶心、呕吐、打嗝等消化道症状，肝气上逆可以出现头晕、头胀、目眩，肺气上逆可以出现咳嗽、喘息、胸闷等。

气厥是因气机逆乱而引起的昏厥，可见《丹溪心法·厥》，有气虚、气实之分。气虚而厥，证见眩晕昏仆，面色㿠白，汗出肢冷，脉微弱等，治宜培补气血，用大补元煎、六味回阳饮、独参汤；气实而厥，证见猝然昏仆，胸膈喘满，脉弦滑，治宜顺气开郁，用四磨饮、八味顺气散，也可以服用苏合香丸。感兴趣者也可研习《素问·气厥论》章节。

第四十四章 贾母气逆、凤姐气厥：疏气安神药

大补元煎：人参10克、山药15克、熟地15克、杜仲15克、当归15克、山萸肉15克、枸杞子15克、炙甘草10克。

六味回阳饮：人参30克、制附子9克、炮干姜9克、熟地30克、当归身9克、炙甘草3克。

独参汤：人参50～100克。

四磨饮：人参6克、槟榔9克、沉香6克、乌药6克。

八味顺气散：人参、白术、茯苓、青皮、陈皮、白芷、乌药各5克、甘草3克。

凤姐可选用上述方药，贾母也可以参考上述方药，书中所说疏气安神的丸药，可能是顺气安神丸、四逆散、逍遥丸、舒肝丸等。

第四十五章

贾母小恙命归天

[原文]

【第一〇九回，第1506页第二段】且说贾母两日高兴，略吃多了些，这晚有些不受用，第二天便觉着胸口饱闷。鸳鸯等要回贾政。贾母不叫言语，说："我这两日嘴馋些吃多了点子，我饿一顿就好了。你们快别吵嚷。"于是鸳鸯等并没有告诉人。

【第1508页第二段】自此贾母两日不进饮食，胸口仍是结闷，觉得头晕目眩，咳嗽。……贾政出来，即请大夫看脉。不多一时，大夫来诊了脉，说是有年纪的人停了些饮食，感冒些风寒，略消导发散些就好了。开了方子，贾政看了，知是寻常药品，命人煎好进服。以后贾政早晚进来请安，一连三日，不见稍减。

【第1510页第二段】那知贾母这病日重一日，延医调治不效，以后又添腹泻。

【第1512页第三段】外面又报太医进来了，贾琏接入，又诊了一回，出来悄悄的告诉贾琏："老太太的脉气不好，防着些。"贾琏会意，与王夫人等说知。王夫人即忙使眼色叫鸳鸯过来，叫他把老太太的装裹衣服预备出来。鸳鸯自去料理。贾母睁眼要茶喝，邢夫人便进了一杯参汤，贾母刚用嘴接着喝，便道："不要这个，倒一钟茶来我喝。"众人不敢违拗，即忙送上来，一口喝了，还要，又喝一口，便说："我要坐起来。"贾政等道："老太太要什么只管说，可以不必坐起来才好。"贾母道："我喝了口水，心里好些，略靠着和你们说说话。"珍珠等用手轻轻的扶起，看见贾母这回精神好些。

【第一一〇回，第1514页第一段】却说贾母坐起来说道："我到你们家已经六十多年了。从年轻的时候到老来，福也享尽了。自你们老爷起，儿子孙子也都算是好的了。就是宝玉呢，我疼了他一场。"说到那里，拿眼满地下瞅着。王夫人便推宝玉走到床前。贾母从被窝里伸出手来拉着宝玉道："我的儿，你要争气才好！"宝玉嘴里答应，心里一酸，那眼泪便要流下来，又不敢哭，只得站着，听贾母说道："我想再见一个重孙子我就安心了。我的兰儿在那里呢？"……贾母又瞧了一瞧宝钗，叹了口气，只见脸上发红。贾政知是回光返照，即忙进上参汤。贾母的牙关已经紧了，合了一回眼，又睁着满屋里瞧了一瞧。王夫人宝钗上去轻轻扶着，邢夫人凤姐等便忙穿衣，地下婆子们已将床安设停当，铺了被褥，听见贾母喉间略一响动，脸变笑容，竟是去了，享年八十三岁。

[**中医药释读**]

　　贾母最后是含着笑容平静地走了。脸上发红，就是浮阳上升，浮于表外，内阳气耗竭，牙关紧闭，合了一回眼，又睁着满屋里瞧一瞧，最后看一眼人间世界，大致心满意足，喉间略一响动，咽下最后一口气，脸露笑容，没什么痛苦地离开这个人间世界。

　　贾母享年八十三岁，古代这个寿数已是高龄了，于今也是喜寿了。古人的寿命，那时候是"人生七十古来稀"，明清时期，女性的平均寿命只有五十岁左右，贾母活过八十岁，身体还没有大毛病，真的算是老寿星了。

　　国家卫生健康委于2022年7月5日召开的新闻发布会公布：根据2022年世界卫生组织统计，中国2022年人平均预期寿命提高到77.93

岁，比十年前的人均预期寿命提高了2.61岁，在全世界各地区排在第62位。

贾母在《红楼梦》中是享尽荣华富贵的老太太，是生活在贾府金字塔尖的人物，懂美食，懂艺术，懂养生，懂茶道，懂生活，也懂些医道，爱好广泛，喜欢热闹，是比较有品位的老太君。

八十岁后贾府出现的一系列巨大变故，贾府被抄家，贾赦、贾政、贾琏等人被锁下狱革职，元春薨逝，紧接着贾府"忽喇喇似大厦倾""家亡人散各奔腾"，噩耗不断，对贾母的打击，尤其精神上的打击是致命的。

我在第四十四章写到贾母气厥命悬一线，虽起死回生，但生命力大打折扣，加之年事已高，抵抗力、饮食消化力每况愈下。从《红楼梦》原文来分析贾母的病情，先是病从口入，"嘴馋些吃多了点子"；二是存食易受风寒；三是"好汉都经不住三泡稀"，何况贾母不知吃了什么生冷不洁食物"又添腹泻"，体内缺水、水电解质失衡。这些都会造成心肺功能下降、细菌感染、解毒排毒能力下降，加之年老，各系统老化、功能衰竭等内外综合因素，即使有最好的医疗条件，也难有回天之力了。

临死前，贾母知道喝人参汤也不能强心回阳了，就喝了一生最爱喝的茶。

作者在原文中对病程及请的医术高超的大夫用的药等描写都没什么毛病，但就像俗话所说，医者治得了病，救不活的是命。医生的作用就是帮助，最多是减轻些痛苦，延长些生命而已。

人的寿命，一般最多两个甲子。一个甲子是60年，两个甲子是120年，也就是120岁。活到60岁算是寿命的五折，如果活不到60岁，就是夭折。活到六折是72岁，活到七折是84岁，活到八折是96岁，对现在来说也是很不容易的了。

65岁是个大坎，俗话说，"66岁不死掉块肉"。根据我自己多年的临床经验，活到 70 至 80 岁的人最多，到了 80 岁以上反而稳定些，能活到 90 岁的人百中存一。

这个年龄的老年人主要活的是心态，千万别感冒，别摔着，别着急生气；饮食控制、起居有节，保养好身体。

第四十六章

王熙凤心夭

[原文]

【第一一〇回，第1524页第二段】（凤姐主持贾母丧礼）明日是坐夜之期，更加热闹。凤姐这日竟支撑不住，也无方法，只得用尽心力，甚至咽喉嚷破敷衍过了半日。到了下半天，人客更多了，事情也更繁了，瞻前不能顾后。正在着急，只见一个小丫头跑来说："二奶奶在这里呢，怪不得大太太说，里头人多照应不过来，二奶奶是躲着受用去了。"凤姐听了这话，一口气撞上来，往下一咽，眼泪直流，只觉得眼前一黑，嗓子里一甜，便喷出鲜红的血来，身子站不住，就蹲倒在地。幸亏平儿急忙过来扶住。只见凤姐的血吐个不住。

【第一一二回，第1546页第二段】赵姨娘道："我不是鸳鸯，他早到仙界去了。我是阎王差人拿我去的，要问我为什么和马婆子用魇魔法的案件。"说着便叫"好琏二奶奶，你在这里老爷面前少顶一句儿罢，我有一千日的不好还有一天的好呢。好二奶奶，亲二奶奶，并不是我要害你，我一时糊涂，听了那个老娼妇的话。"正闹着，贾政打发人进来叫环儿。婆子们去回说："赵姨娘中了邪了，三爷看着呢。"

【第一一三回，第1549页第一段】赵姨娘双膝跪在地下，说一回，哭一回，有时爬在地下叫饶，说："打杀我了！红胡子的老爷，我再不敢了。"有一时双手合着，也是叫疼。眼睛突出，嘴里鲜血直流，头发披散，人人害怕，不敢近前。那时又将天晚，赵姨娘的声音只管暗哑起来了，居然鬼噱一般。……

　　正在危急，大夫来了，也不敢诊，只嘱咐"办理后事罢。"说了起身就走。那送大夫的家人再三央告说："请老爷看看脉，小的好回禀家主。"那大夫用手一摸，已无脉息。……

　　那人去了，这里一人传十，十人传百，都知道赵姨娘使了毒心害人被阴司里拷打死了。又说是"琏二奶奶只怕也好不了，怎么说琏二奶奶告的呢。"这些话传到平儿耳内，甚是着急，看着凤姐的样子实在是不能好的了，看着贾琏近日并不似先前的恩爱，本来事也多，竟像不与他相干的。平儿在凤姐眼前只管劝慰，又想着邢王二夫人回家几日，只打发人来问问，并不亲身来看。凤姐心里更加悲苦。贾琏回来也没有一句贴心的话。凤姐此时只求速死，心里一想，邪魔悉至。只见尤二姐从房后走来，渐近床前说："姐姐，许久的不见了。做妹妹的想念的很，要见不能，如今好容易进来见见姐姐，姐姐的心机也用尽了，咱们的二爷糊涂，也不领姐姐的情，反倒怨姐姐作事过于苛刻，把他的前程去了，叫他如今见不得人，我替姐姐气不平。"凤姐恍惚说道："我如今也后悔我的心忒窄了，妹妹不念旧恶，还来瞧我。"平儿在旁听见，说道："奶奶说什么？"凤姐一时苏醒，想起尤二姐已死，必是他来索命。被平儿叫醒，心里害怕，又不肯说出，只得勉强说道："我神魂不定，想是说梦话。给我捶捶。"……

　　凤姐刚要合眼，又见一个男人一个女人走向炕前……

　　【第一一四回，第1560页第一段】却说宝玉宝钗听说凤姐病的危急，赶忙起来。丫头秉烛伺候。正要出院，只见王夫人那边打发人来说："琏二奶奶不好了，还没有咽气，二爷二奶奶且慢些过去罢。琏二奶奶的病有些古怪，从三更天起到四更时候，琏二奶奶没有住嘴说些胡话，要船要轿的，说到金陵归入册子去。众人不懂，他只是哭哭喊喊的。琏二爷没有法儿，只得去糊了船轿，还没拿来，琏二奶奶喘着气等呢。叫我们过来说，等琏二奶奶去了再过去罢。"宝玉道："这也奇，他到金陵做什么？"袭人轻轻的和宝玉说道："你不是那年做梦，我还记得说有多少册子，不是琏二奶奶也到那里去么？"

[中医药释读]

王熙凤因才貌双全、年轻有为，打破了论资排辈的惯例，取代了贾府大太太邢夫人的地位，当上了贾府后勤的大总管，执掌人、财、物的执行大权，并且得到贾府领袖人物贾母的垂爱和大力支持。虽然能力卓越，但王熙凤并非大公无私，反而颇为贪得无厌，借机放高利贷获利，中饱私囊。凭借阴谋害死尤二姐诸人，使出调包计，拆散宝黛姻缘等，杀敌一千，自损八百。得罪多人，"千夫所指，无病而死"。对夫君也不容，致琏二爷下狱革职，等等。最终多行不义必自毙。

王熙凤生下巧姐儿后，落下妇科经带病，月经崩漏缠绵，虽经过不断调养，甚至躺平休息半年有余，让探春等人替代行使责权，怎奈此病与肝气、心态紧密相关，在本书第十八章、第二十八章、第二十九章特有专述。又怎奈恶性循环，王熙凤的身心健康每况愈下，更加上贾府被抄封、贾琏获罪革职。王熙凤昔日放高利贷、逼死人命等事被揭发出来。尤其是贾母去世，整个贾府只有贾母真正喜欢王熙凤，当贾母这保护伞彻底没有了，王熙凤便走投无路，这便是致命一击。书中讲道："凤姐此时只求速死，心里一想，邪魔悉至。"这便是心夭，心早亡死。明清时期女性的平均寿命为50岁左右，王熙凤是25岁死亡，按当时的标准也属于"英年早逝"。

1. 以心为病

联合国世界卫生组织制定的健康标准，是指身心标准，即身体的生理标准和心理标准相结合的健康标准。

与心有关的中医名词众多，下面释解一些。

心：五脏之一，是五脏中最重要的一个脏器。《灵枢·邪客》中说："心者，五脏六腑之大主也，精神之所舍也。"《素问·六节脏象论》中说："心者生之本，神之变也。其华在面，其充在血脉。"心主血脉，主神明，血液的运行有赖于心气的推动，神明是指高级中枢神经系统的某些机能活动。心的病变，主要反映这两方面的异常变化。此外，心主汗，汗为心液，有些自汗、盗汗病症须从补心着手治疗。自主神经系统的某些功能紊乱也和心有关。心开窍于舌，舌为心之苗，心的病变可从舌体上反映出来。例如口舌糜烂，可能是有心火、胃火，或者是缺乏维生素B族等；舌体僵硬可能与中枢神经病变有关等；舌中裂，显示心阴损伤日久等。

心气：广义是泛指心的功能活动，狭义是指心脏推动血液循环的功能。

心火：心的代称，心主火，表示在五行中的作用及特点；也指心热火旺的病变，有实火、虚火之分；也是推拿部位名，是手少阴心经，可缓解失眠、心情抑郁、心痛、心悸、胸闷、手臂麻木疼痛等症状。

心主：指手厥阴心包络经。《灵枢·邪客》记载："包络者，心主之脉也。"

心血：即心脏所泵出的血。心血不仅能营养周身各部分组织，也是神志活动的物质基础之一。心血旺则血脉充盈，面色红润，精神饱满；心血虚则心悸健忘、惊惕不安，失眠多梦，面色无华。

心汗：证名，见《丹溪心法》，指心窝局部多汗，多因忧思惊恐伤及心脾所致。治宜补养心脾、敛神益气。可用生脉饮、归脾汤、补心丹加减。

心阴：即心的阴液，与心阳相对而言。其生理、病理和心血密切相关，并和肺阴、肾阴等的消长盈亏有关联。例如阴虚内热的病症，常同时表现为心、肺、肾等三脏阴液的匮乏。

心阳：心的阳气。心阳、心阴互相依附为用。心阳是心气的体现。心气虚则气短、脉弱、心悸、自汗、精神萎靡。心气大虚则伤及心阳，出现寒象，甚至大汗淋漓、四肢厥冷、脉微欲绝等症候。

心系：出自《灵枢·经脉》，指心脏与其他脏器相联系的脉络。《类经》曰："（心）其系有五，上系连肺，肺下系心，心下三系，连脾、肝、肾"。《十四经发挥》中说："五脏系皆通于心，而心通五脏系也。"《医学指归》中说："心系有二。其一上通于肺，其一由肺叶而下，曲折向后，并脊里，细络相连，与肾相通。"

心忪：即怔忡，指心跳剧烈的一种病证。《素问玄机原病式》中说："心胸躁动，谓之怔忡"。跳动往往上至心胸，下达脐腹。又名忪悸。属心悸一类，但又常为心悸或惊悸的进一步发展。多由阴血亏损、心失所养、心阳不足、水饮上逆或突受惊恐所致，临证以虚者为多。

心胀：古病名，出自《灵枢·胀论》，指心烦、短气、卧不安等症，多因寒邪犯心所致。用离照汤（出自《医醇賸义》，由琥珀、丹参、朱砂、茯神、柏子仁、沉香、广皮、青皮、郁金、灯芯、姜皮组成）等方剂治之。也有以胀病而见上述证候为心胀。宜在治胀方中加上心经药，如黄连、细辛等（见《杂病源流犀烛·肿胀源流》）。

心疝：出自《素问·脉要精微论》，因心经受寒而致。症见腹部疼痛，腹皮隆起，自觉有气自脐上冲心。治宜温经散寒和血止痛，用木香散（由木香、陈皮、良姜、干姜、诃子皮、赤芍、川芎、枳实、草豆蔻、黑牵牛组成）。

心咳：出自《素问·咳论》，又称心经咳嗽。症见咳嗽心痛、喉中作梗、甚则咽肿喉痹。可用桔梗汤、凉膈，散去硝黄，加黄连、竹叶。

心病：五脏病候之一，见《素问·藏气法时论》等篇，泛指心脏发生的多种病症。多由气血不足或气滞血瘀、心阴虚或心阳虚以及心火炽盛等，使心主血脉、心藏神等功能失常所致。临床表现有胸闷气短、心胸疼痛、心悸怔忡、失眠健忘或精神恍惚、善惊易悲。偏于阴血不足者，伴见虚烦、

低热、盗汗。偏于阳气虚弱者，伴见面色㿠白、怕冷、自汗。若病情进展，而见大汗淋漓、四肢厥冷或昏迷不醒，脉微欲绝，为心阳虚极欲脱的重症。因心火炽盛，属于实证者，症见面赤烦热、舌上生疮、口苦、小便热赤，甚则喜笑发狂等。治宜分辨虚实寒热，选用养心安神、益气补血，或用回阳固脱，或用滋阴降火以及活血化瘀、清心泻火等疗法。

心窍：一是指心的苗窍。《素问·阴阳应象大论》中说到，心主舌，在窍为舌。二是指心神之窍。心藏神，心窍通利则神志清爽，心窍被邪闭阻则神昏癫狂，如症见"痰迷心窍"。

心疳：五疳之一，又名惊疳，因心经郁热呈疳证。表现为面黄颊赤、壮热、烦躁、口舌生疮、小便赤涩、盗汗或虚惊，宜清心泻热，可用泻心导赤汤（山栀子、黄芩、麦门天门冬、滑石、人参、犀角、知母、茯神、黄连、甘草）加减。

心痛：脘部和心前区疼痛的统称。一指心绞痛，见《灵枢·厥病》的真心痛、《辨证录》中的去来心痛、《医学心语》的注心痛，还有现代所称的心绞痛，是危险之征症。二指胃脘痛。《丹溪心法》记载："心痛，即胃脘痛。"要鉴别多种心痛：真心痛、去来心痛、注心痛、厥心痛、冷心痛、热心痛、气心痛、血心痛、食心痛、饮心痛、虫心痛、注心痛、悸心痛、风心痛等。

心痹：内脏痹证之一，出自《内经》痹论等篇。由于脉痹日久不愈，重感外邪或思虑伤心，心血虚亏，复感外邪，内犯于心，心气痹阻，脉道不通所致。症见胸中窒闷、心悸、心痛、突发气喘、易惊恐、咽干、嗳气、脉沉弦。可见冠心病、风心病或其他一些心脏病。治宜养心祛邪、活血通脉。可选用《圣济总录》的赤茯苓汤（赤茯苓、人参、半夏、柴胡、前胡、桂枝、桃仁、甘草）、《证治准绳》的加味五痹汤（人参、茯苓、当归、白芍、川芎、五味子、白术、细辛、甘草）以及归脾汤、补心丹等方剂。

心痿：可见《医宗必读》，"心痿者，脉痿也"。《素问·痿论》中说"心主身之血脉"。心痿是心气热，火炎于上，血气随之上逆，下部血脉空虚所致。症见四肢关节如折，不能举动，足胫软弱，不能站立。宜用清心泻火、养血活血之药，可用《症因脉治》中的导赤各半汤（生地、木通、川连、黄芩、甘草、山栀、犀牛角）及四物汤等方剂加减。

2. 回顾王熙凤

王熙凤出生在所谓"东海缺少白玉床，龙王来请金陵王"的豪门世族王家。她爷爷专管各国进贡朝贺的事宜，凡是外国使者来到，都是由他家安排生活，粤、闽、滇、浙等省所有的洋船货物均由她家掌管。她叔叔王子腾从京营节度使升任九省都检点，是当时在朝统领军权声势烜赫的人物。地方官若触犯了他们，"不但官爵，恐怕连性命也难保"。

王家和贾家是世代姻亲。王熙凤是荣府王夫人的侄女，她嫁给荣府长房贾赦的儿子，但却和贾琏一同住在掌权的叔父贾政这边，成了荣府中独揽实权的管家大奶奶。王熙凤掌权的后台是贾府的最高统治者贾母。至少从表面上看，凤姐很孝敬贾母，贾母也极疼爱这个孙媳妇，在这罩在家庭关系上的温情脉脉的面纱底下，隐藏着相互利用的关系，掩盖着家族成员之间激烈的利益冲突。凤姐深知如何利用贾母的地位来巩固、施展自己的权力。为了讨取贾母的欢心，她总是看着贾母的眼色行事。书中这一类情节极多，处处透着凤姐的"机灵"。《红楼梦》核心主题之一宝黛姻缘转变为玉钗婚事中可以看到凤姐的"表演"，从凤姐对林黛玉前后的态度变化可见一斑。第三回凤姐初见林黛玉："这熙凤携着黛玉的手，上下细细打谅了一回，仍送至贾母身边坐下。因笑道：'天下真有这样标致的人物……怨不得老祖宗天天口头心头一时不忘。只可怜我这妹妹这样命苦……'说着便用帕拭泪。"当贾母说"快再休提前话"时，凤姐忙"转悲为喜"，说

不该招惹老祖宗伤心。接着又是安慰林黛玉，又是盼咐仆人。作者通过细节描写，形象地刻画出凤姐善于逢迎的"表演"才能。尽管凤姐从心底讨厌宝黛婚事，但看到贾母喜欢，便去迎合这"必然趋势"。在程高本的后四十回中林黛玉失欢于贾母，凤姐则见风使舵，甚至献出"调包计"，将黛玉彻底逼进死路。把薛宝钗这位同自己血缘关系很近的人，扶上了宝二奶奶的交椅。

凤姐花言巧语、百般依顺讨好贾母以获宠信，然后依仗贾母的权势胡作非为，成为贾府有名的"烈货"。为了巩固王氏姑侄在贾府的掌权地位，她见风使舵，随机应变，拉拢一些人，排挤打击一些人。当王夫人内定袭人为宝玉将来侍妾后，凤姐从各方面优待袭人。相反对她婆婆邢夫人却从不上心，遇事总是表面应付。第四十六回邢夫人要凤姐帮助贾赦讨鸳鸯做妾，凤姐明知贾母一刻也离不开鸳鸯，却假意顺着邢夫人去鼓动，结果让邢夫人在贾母那去碰钉子，自己却很委婉地摆脱了。凤姐清楚知道邢夫人在贾府中没有权势，对自己没有什么好处，就不去经营。对赵姨娘和贾环，凤姐更是白眼以待，采取欺凌和压制手段，斥责赵姨娘，教训贾环。

凤姐育有巧姐儿，但很难再生子了，因为患有妇科病。但她又不能阻止贾琏娶尤二姐生子，于是用笑里藏刀法将尤二姐及腹中的男婴杀死。尤二姐至死都没怀疑是凤姐杀害自己母子。可见凤姐的阴险毒辣、唯利是图、贪得无厌，凤姐不惜杀人越货，在第十五回"王凤姐弄权铁槛寺"，逼得张金哥悬梁自尽、守备之子投河自杀，就为了三千两银子，凤姐竟害死两条无辜人命。凤姐一方面把手伸到社会上敲诈勒索。凤姐还利用在贾府的权势，挪用所经手的银钱放债，营私舞弊。贾府被抄时，从凤姐家搜出的"体己"赃款，不下"五七万金"。内外通吃，六亲不认。"机关算尽太聪明，反误了卿卿性命"。这把似利剑的咒符，将凤姐年轻的、正在跳动的心，毫不留情地斩断，就是心夭。

3. 凤姐魂归太虚遐想

王熙凤到来，午后摆了几席家宴，叫了一班小戏儿。那唱旦的才得十二岁，拿着笏板上来请贾母点戏。贾母便点了《冥判》《阴告》《闯界》《冥昇》四出。那小旦又到凤姐面前求赏戏，凤姐便点了一出《钟馗嫁妹》。开了锣鼓，唱得甚是精细，贾母与凤姐赏了八十串钱。至晚席散，凤姐与鸳鸯向贾母道："姑老爷如今升了十王爷，还得好几年才得升转天曹呢！我们已来了好几个月了，各人皆有专司，未便久离职守，打量就要回转幻境去了。等过一两年，再来请老太太的安。我们横竖是来过的，再来就是熟路，极容易的了。"贾母点头道："也罢了。我原为的是等姑老爷转了天曹，我们一起去的。这会子既是还有几年，你们又都有事，就且回去。过两三年再来，也是一样。"于是便向贾夫人说了，转告诉林如海，摆了饯行酒席，凤姐、鸳鸯拜辞了贾母、贾夫人、贾珠等众人，便上车而去。

说着车已到了牌坊面前，凤姐、鸳鸯便都下了车来。早有仙女们看见，都跑去各处报信去了。凤姐道："老太太再三留着在那里，不教回来，说要等姑爷早晚转了天曹，好一起同来的。昨儿因为怕老爷升了十殿下了，还得几年才转天曹呢，故此我们才赶着辞别了回来的。"鸳鸯道："通共要不得一天的工夫就回来了，也没什么难处。"说着，只见警幻仙姑同妙玉也来了。凤姐、鸳鸯都上前，彼此请安问好。凤姐道："我们且到娘娘那里缴了旨，再来细谈吧。"于是和鸳鸯进了赤霞宫，叩见了元妃，缴了旨。元妃问了些冥中之事，凤姐，鸳鸯一一回答了。元妃道："你们都辛苦了，可到二姑娘那边歇息歇息去吧。"

于是凤姐、鸳鸯便到迎春屋里来了，只见秦可卿等都在那里等候。大家请安问好已毕，黛玉笑道："诸公不弃，都请到我那里坐坐去吧。我今儿聊备一卮，特给凤姐姐、鸳鸯姐姐洗尘呢。"迎春道："我这里也要给她们接风呢么！林妹妹，你改在明儿请吧。"黛玉道："我为的人多，在我那里宽敞些。二姐姐既这么说，咱们公办也可以使得。"迎春道："也罢了，很好。"于是一同到了绛珠宫来。警幻仙姑不肯坐席，说家里没人照应，便告辞回去。凤姐告诉他们说："宝玉同柳湘莲到冥府见老太太来，在那里住了三天，就回青埂峰去了。他们都已修得了道，还得几年工夫就归还此处，我们大家相聚在一块儿的了。"尤三姐道："咱们自来就是神交，哪里在乎会不会呢？况且终究是要聚在一块儿的，这会子彼此俱脱离了凡情，哪里还像头里，怕有什么儿女私情了吗？"凤姐笑道："到底是尤三妹妹与别人不同，说话都这么剪绝的有趣儿。"香菱道："你们去的那一年三十晚上，多谢宝姐姐她还寄书来给我。我想着要会她一面，总不能够。你们既可以到得冥中，那阳世纵不能到，梦魂是可以通的了？"凤姐笑道："夏金桂在冥中罚入青楼为娼。这冯渊就是为娶你被薛大爷打死的，如今姑老爷衙门里当总书办。那一天叫了夏金桂在望湖亭陪酒，请珠大爷。后来遇见宝玉，他弟兄都不认得。及至秦钟来了，才知道是宝玉同柳二爷。宝玉认得夏金桂，夏金桂便躲了不肯出来。后来说明了缘故，求了阎王，把青楼册上夏金桂除了名，给冯渊做配了。"凤姐道："你怎么不向她说明白了呢？倒推不认得她么？"妙玉道："那是我引她来看这些册子的。她如今道力渐深，还有几年工夫，便同紫鹃一齐尸解来这里相聚了。"

说着，早已摆下酒筵。上首一席便请凤姐坐了，妙玉、香菱、尤三姐、黛玉、瑞珠陪坐。下首一席请鸳鸯坐了，尤二姐、迎春、秦可卿、金钏、晴雯陪坐。酒过三巡，香菱道："我们行个酒令儿玩吧，使得么？"黛玉道："我有两副酒令骰子令儿，每席六个人正合这酒令呢。"凤姐道："你不说明白了怎么教我掷呢？"黛玉道："这是最公道的，你只管掷了，我对你说就是了。"于是凤姐便拿起那骰子掷了下去，是个"美人"。下该香菱掷了，是个"才子"。尤三姐掷了，是"武士"。瑞珠掷了，是"渔夫"。轮到黛玉掷了，又是"美人"，因道："重了凤姐姐。"复又掷了下去，是"羽客"。下该妙玉，就不用掷了，是"淄流"。黛玉道："这六个人就很称，'武士'除了尤三姐，还有谁配呢？这一颗骰子就不用了，单用这两颗挨着掷就是了。这六个人有六句本色，乃是：才子瀛洲作赋，武士鳞阁标名。美人天台对镜，渔夫桃源放舟。羽客蓬莱游戏，淄流灵鹫谈经。"于是，该凤姐掷起。凤姐便拈起骰子掷了下去。大家看时，却是"灵鹫标名"。

黛玉笑道："美人到灵鹫，已是不该，又有何名可标呢？该罚五杯。"凤姐道："我又认不得字，你可别让我上当呢！"香菱道："二嫂子你放心，林姑娘他并不欺人的。"于是凤姐喝了五杯。又该凤姐了，掷了下去，却是"蓬莱游戏"。香菱道："美人到蓬莱游戏，这该没了什么过犯了。"黛玉道："这也可以免罚的，你掷吧。"香菱括起骰子，掷了下去，看时却是"蓬莱对镜"。因道："这也没了什么罚吧。"黛玉道："蓬莱可以到得，但不应对镜，罚两杯吧。"香菱饮了两杯。下该妙玉掷了，却是"灵鹫谈经"。黛玉道："好！又遇本

第四十六章　王熙凤心夭

色。"大家公贺了一杯。

那边鸳鸯席上，只有迎春明白此令。先是鸳鸯，起掷的是"杜将军"。次该迎春，掷的是"老夫人"。下该秦可卿，是"崔莺莺"。金钏是"老和尚"。晴雯是"小红娘"。尤二姐是"张君瑞"。先掷定了人目。那两颗骰子要掷出六句本色，乃是：张君瑞回廊操琴，老和尚僧房念经。杜将军萧寺灭寇，老夫人中堂赖婚。崔莺莺花园烧香，小红娘西厢寄柬。余下不提。

于是都吃了饭。漱口已毕，散坐吃茶。大家又说了一会闲话。鸳鸯、秦可卿、瑞珠三人归痴情司住去。凤姐、尤二姐、尤三姐三人归薄命司住去，妙玉还到警幻宫里住去。迎春还回赤霞宫住去，香菱、黛玉、晴雯、金钏仍在绛珠宫住，暂且不提。

第四十七章

宝玉痊愈

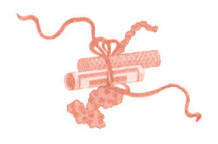

[原文]

【第一一五回，第1572页第三段】且说贾宝玉见了甄宝玉，想到梦中之景，并且素知甄宝玉为人必是和他同心，以为得了知己。因初次见面，不便造次。且又贾环贾兰在坐，只有极力夸赞说："久仰芳名，无由亲炙。今日见面，真是谪仙一流的人物。"

【第1576页第二段】且说宝玉自那日见了甄宝玉之父，知道甄宝玉来京，朝夕盼望。今儿见面原想得一知己，岂知谈了半天，竟有些冰炭不投。闷闷的回到自己房中，也不言，也不笑，只管发怔。宝钗便问："那甄宝玉果然像你么？"宝玉道："相貌倒还是一样的。只是言谈间看起来并不知道什么，不过也是个禄蠹。"宝钗道："你又编派人家了。怎么就见得也是个禄蠹呢？"宝玉道："他说了半天，并没个明心见性之谈，不过说些什么文章经济，又说什么为忠为孝，这样人可不是个禄蠹么！只可惜他也生了这样一个相貌。我想来，有了他，我竟要连我这个相貌都不要了。"宝钗见他又发呆话，便说道："你真真说出句话来叫人发笑，这相貌怎么能不要呢。况且人家这话是正理，做了一个男人原该要立身扬名的，谁像你一味的柔情私意。不说自己没有刚烈，倒说人家是禄蠹。"宝玉本听了甄宝玉的话甚不耐烦，又被宝钗抢白了一场，心中更加不乐，闷闷昏昏，不觉将旧病又勾起来了，并不言语，只是傻笑。……过了一夜，次日起来只是发呆，竟有前番病的样子。

【第1577页第三段至第1578页】宝玉听见王夫人说他们，心里一时明白，恐他们受委屈，便说道："太太放心，我没什么病，只是心里觉着有些闷闷的。"王夫人道："你是有这病根子，早说了好请大夫瞧瞧，吃两剂药好了不好！若再闹到头里丢了玉的时候似的，就费事了。"宝玉道："太太不放心便叫个人来瞧瞧，我就吃药。"王夫人便叫丫头传话出来请大夫。……过了几天，宝玉更糊涂了，甚至于饭食不进，大家着急起来。……一日又当脱孝来家，王夫人亲身又看宝玉，见宝玉人事不醒，急得众人手足无措。一面哭着，一面告诉贾政说："大夫回了，不肯下药，只好预备后事。"贾政叹气连连，只得亲自看视，见其光景果然不好，便又叫贾琏办去。

【第1579页第一段】只见那和尚道："施主们，我是送玉来的。"说着，把那块玉擎着道："快把银子拿出来，我好救他。"……和尚哈哈大笑，手拿着玉在宝玉耳边叫道："宝玉，宝玉，你的宝玉回来了。"说了这一句，王夫人等见宝玉把眼一睁。袭人说道："好了。"只见宝玉便问道："在那里呢？"那和尚把玉递给他手里。宝玉先前紧紧的攥着，后来慢慢的得过手来，放在自己眼前细细的一看说："嗳呀，久违了！"

【第一一六回，第1589页第二段】且说众人见宝玉死去复生，神气清爽，又加连日服药，一天好似一天，渐渐的复原起来。

【第一一七回，第1592页第一段】宝玉看见那僧的形状与他死去时所见的一般，心里早有些明白了，便上前施礼，连叫："师父，弟子迎候来迟。"那僧说："我不要你们接待，只要银子，拿了来我就走。"……（宝玉再问）"弟子请问，师父可是从'太虚幻境'而来？"那和尚道："什么幻境，不过是来处来去处去罢了！我是送还你的玉来的。我且问你，那玉是从那里来的？"宝玉一时对答不来。那僧笑道："你自己的来路还不知，便来问我！"宝玉本来颖悟，又经点化，早把红尘看破，只是自己的底里未知；一闻那僧问起玉来，好像当头一棒，便说道："你也不用银子了，我把那玉还给你罢。"那僧笑道："也该还我了。"

……

宝玉道："你快去回太太，说不用张罗银两了，我把这玉还了他就是了。"袭人听说，即忙拉住宝玉道："这断使不得的！那玉就是你的命，若是他拿去了，你又要病着了。"宝玉道："如今不再病的了，我已经有了心了，要那玉何用！"

【第1595页第二段】回来小丫头传话进来回王夫人道："二爷真有些疯了。外头小厮们说，里头不给他玉，他也没法，如今身子出来了，求着那和尚带了他去。"……"后来和尚和二爷两个人说着笑着，有好些话外头小厮们都不大懂。"……"我们只听见说什么'大荒山'，什么'青埂峰'，又说什么'太虚境'，'斩断尘缘'这些话。"王夫人听了也不懂。宝钗听了，唬得两眼直瞪，半句话都没有了。

【第一一九回，第1627页第一段】（宝玉下场考完举人后）众人欢喜问道："宝二叔呢？"贾兰也不及请安，便哭道："二叔丢了。"

【第1629页】惜春道："这样大人了，那里有走失的。只怕他勘破世情，入了空门，就难找着他了。"这句话又招得王夫人等又大哭起来。李纨道："古来成佛作祖成神仙的，果然把爵位富贵都抛了也多得很。"王夫人道："他若抛了父母，这就是不孝，怎能成佛作祖。"探春道："大凡一个人不可有奇处。二哥哥生来带块玉来，都道是好事，这么说起来，都是有了这块玉的不好。若是再有几天不见，我不是叫太太生气，就有些原故了，只好譬如没有生这位哥哥罢了。果然有来头成了正果，也是太太几辈子的修积。"

【第一二〇回，第1636页第三段】贾政打发众人上岸投帖辞谢朋友，总说即刻开船，都不敢劳动。船中只留一个小厮伺候，自己在船中写家书，先要打发人起早到家。写到宝玉的事，便停笔。抬头忽见船头上微微的雪影

里面一个人，光着头，赤着脚，身上披着一领大红猩猩毡的斗篷，向贾政倒身下拜。贾政尚未认清，急忙出船，欲待扶住问他是谁。那人已拜了四拜，站起来打了个问讯（僧人向人合掌问安）。贾政才要还揖，迎面一看，不是别人，却是宝玉。贾政吃一大惊，忙问道："可是宝玉么？"那人只不言语，似喜似悲。贾政又问道："你若是宝玉，如何这样打扮，跑到这里？"宝玉未及回言，只见舡头上来了两人，一僧一道，夹住宝玉说道："俗缘已毕，还不快走。"说着，三个人飘然登岸而去。贾政不顾地滑，疾忙来赶。见那三人在前，那里赶得上。只听得他们三人口中不知是那个作歌曰：

我所居兮，青埂之峰。我所游兮，鸿蒙太空。谁与我游兮，吾谁与从。渺渺茫茫兮，归彼大荒。

【第1637页第二段】贾政叹道："你们不知道，这是我亲眼见的，并非鬼怪。况听得歌声大有元妙。那宝玉生下时衔了玉来，便也古怪，我早知不详之兆，为的是老太太疼爱，所以养育到今。便是那和尚道士，我也见了三次：头一次是那僧道来说玉的好处；第二次便是宝玉病重，他来了将那玉持诵了一番，宝玉便好了；第三次送那玉来，坐在前厅，我一转眼就不见了。我心里便有些诧异，只道宝玉果真有造化，高僧仙道来护佑他的。岂知宝玉是下凡历劫的，竟哄了老太太十九年！如今叫我才明白。"说到那里，掉下泪来。众人道："宝二爷果然是下凡的和尚，就不该中举人了。怎么中了才去？"贾政道："你们那里知道，大凡天上星宿，山中老僧，洞里的精灵，他自具一种性情。你看宝玉何尝肯念书，他若略一经心，无有不能的。他那一种脾气也是各别另样。"说着，又叹了几声。

【第1648页，全书最后一句】后人见了这本奇传（指《石头记》），亦曾题过四句为作者缘起之言更转一竿头云：

说到辛酸处，荒唐愈可悲。

由来同一梦，休笑世人痴！

[中医药释读]

至此，本书主人公贾宝玉的病真正痊愈了，红楼之梦也告一段落。

《红楼梦》问世后，引来无数"红迷"，甚至多少"红学家"，加入"世人痴"的队列之中。我亦凡人，不觉混入进去。我追求良医之路，不忍众生遭受疾病之痛，尽我所能，将书中用膳、用药以疗饥、疗疾之缘由予以解释，将其展开得更清楚、更明白些。

书中主人公贾宝玉与甄宝玉，对应的是假宝玉与真宝玉。我从医五十多年，也曾当过妇产科大夫，也接生过怪胎，或者胎儿身上有胎瘤的，但不曾见过，也没听说生下的胎儿口含玉石等物。而书中所说贾宝玉出生时口中含块"通灵宝玉"，是作者假借此物，表达"图腾""符咒""寄托"的期盼。

玉石是大自然的物质之一，人类将玉石划归为矿物类，按五行来看，玉偏土，又有金的属性。土生万物，包括生金。黄金有价，而玉石无价。黄金由金矿石筛选、提炼，物质有变化，但纯度最高是99%，最多是小数点后无限个9，永远达不到百分之百。而玉无论如何雕琢也保持其百分之百本质。中国最早期的传统文化，出土文物上可见的是"玉龙""玉猪"等图腾，如帝王传位，传承的是玉玺。金器只是财富、物质的象征。而玉器不但是物质、财富的象征，更是精神上的无价之宝。

贾府上下将名利、荣华富贵之意寓于宝玉之中，将权势经济托于宝玉手中，贾宝玉从心底对此特别反感。宝玉的父亲贾政最后是理解明白了宝玉的选择，对宝玉所作所为无可奈何，不得不宽容了。贾宝玉曾坦白道：我已经有了心了（有了自己所追求的信仰和执念），要那玉何用（要那精神枷锁有何用）！这也是《红楼梦》一书的核心主题的解释。

1. 有关玉及玉的药效

从古至今有文献记载的中医药有上万种，分为植物、动物、矿物三大类。而矿物类的玉屑为矿物软玉的碎粒。原矿物系软玉为致密或细粒的块状。白色至淡绿色，微透明至不透明。断口呈多片状，具灿烂之玻璃状或蜡状光泽。由角闪石或阳起石变质而成。玉也是一种药材，始载于《本草经集注》。味甘，性平，归心、肺、胃三经，清热生津，泻火明目，主治消渴、喘息烦满、目翳、胃中热、小儿惊啼。内服，可煎汤，可入丸；外用，研末调敷。

各家学说中对玉的药用俱有记载。《名医别录》说："除胃中热，喘息烦满，止渴。"《海药本草》云："主消渴，滋养五藏，止烦躁，宜和金银花、麦门冬等同煎服之，甚有所益。"《日华子本草》中有："润心肺、明目、滋毛发、助声喉。"《本经逢原》记载："研细水飞，去目翳。"《本草汇家》写道："白玉润心肺，助声音，止烦渴，定虚喘，安神明，滋养五脏六腑，清纯之气之药也。宜与金银花、人参、竹叶、麦冬同煎服，有益。又按《玉经》分为青、黄、赤、白、黑、碧六种之色，凡入药唯取生玉纯白无瑕者佳。如它色者，性劣而燥，不可用也。"

玉石在中国古代的历史上，在社会生活和诗歌影视文学作品中大量出现，就连姓氏人名也都乐于用之，《红楼梦》中就有数十个人物的名字含有玉字。玉文化象征着文明，不论在历史上哪一个朝代，玉的制作都十分精美，极富工艺性，包含了所属时代的文化特征，在艺术、工艺、宗教、民俗方面都独占鳌头。玉文化象征着艺术，不同朝代有着不同的雕刻特点，每个朝代都凸显出各自的艺术风格。玉文化象征着政治，从上古时期开始，玉本身稀有的独特性质就象征着私有制社会的发展，为了有所区别，玉甚至代表了阶层等级。等级不同，用料也不同，比如和田玉、独山玉等，是古代帝王的专属之物。玉石主要分为软玉和硬玉两类，其学问之大，深不可测。

2. 回顾贾宝玉

曹雪芹写的《红楼梦》中的主人公贾宝玉，一出生就是口含宝玉的，贾府最高统治者贾母认定，这块宝玉就是贾宝玉的命根子。而这命根子就是要走四书五经、八股制艺、仕途做官、发财经济之路，实际就是魔咒附身的隐形枷锁。贾母对宝玉万般的娇宠、溺爱，在贾府一言九鼎的贾母从本质上并不反对仕途经济，她的态度可以用贾赦的话做注："咱们这种人家……跑不了一个官儿的。"

由于贾母对贾宝玉的宠溺庇护，所谓的正统、严格的封建教育不得不在封建孝道面前做相当大的让步，贾宝玉的父亲贾政也无可奈何，孝顺的他只能在贾母面前低头容忍。这样贾宝玉就钻了空子，有更多时间在"内帏厮混"，不用去会客，不用被官场的人情世故熏陶。对科举的必读书他只是消极应付，相反整天"杂学旁搜"，偷偷阅读《西厢记》《牡丹亭》等所谓"移人性情"的"杂书"，他的叛逆思想也由此而生。他产生了反对"男尊女卑"的观念，与传统有了不同的态度。贾宝玉做出了自己的结论："女儿是水做的骨肉，男人是泥做的骨肉，我见了女儿便清爽，见了男子便觉浊臭逼人！"他认为，"天地间灵淑之气，只钟于女子，男儿们不过是些渣滓浊沫而已"。

正是由于贾宝玉有了这样的思想，他对丫鬟等底层妇女有了一定的关心和同情，甚至主动揽错，保护下人。例如当晴雯被撵出大观园时，他发出了怨恨之声："我究竟不知晴雯犯了什么滔天大罪！"随后又去晴雯家看望她。

晴雯死后，他对迫害无辜少女的行为充满了极大的愤慨，以无比的怨恨和哀伤，撰写了一篇血泪斑斑的《芙蓉女儿诔》，倾诉了肺腑之言。他将晴雯比作"高标见嫉"的贾谊，比作"贞烈遭危"的王昭君。其后还说，"毁诐奴之口，讨岂从宽；剖悍妇之心，忿犹未释"，表达了他对旧势力的不满及斗争精神。对待"亦婢亦妾"地位的平儿，在贾琏私通鲍二老婆的事件中平儿蒙冤受屈，被王熙凤和贾琏交相打骂之后，贾宝玉将平儿护到怡红院，用好话劝慰。平儿走后，他想到："平儿并无父母兄弟姊妹，独自一人，供应贾琏夫妇二人，贾琏之俗，凤姐之威，她竟能周全妥贴，今儿还遭荼毒，也就命薄的很了！"因而十分伤感。香菱的裙子弄脏了，为了不使她遭受责骂，贾宝玉忙让她把袭人的裙子换上，心里暗想："可惜这么一个人，没父母，连自己的本姓也忘了，被人拐出来，偏又卖与这个霸王。"宝玉还为彩云瞒赃。为藕官在大观园烧纸承担责任。许多事例都表现了贾宝玉对受压迫的下层人士的同情与关爱。贾宝玉毕竟也是公子哥，有所图的丫鬟，如袭人之辈，对宝玉的服从自然是心甘情愿的。但在晴雯、龄官这等有反抗性的丫鬟面前，宝玉碰了几次钉子，却没有因此迫害这些人，而是去尊重她们的意志，更加敬重她们。这是贾宝玉与贾赦、贾珍、贾琏、贾蓉之流的不同之处。

　　贾宝玉是封建科举道路的积极反抗者。他宁可遁入大观园的"女儿世界"这个狭小天地里混日子，也不愿与那些"浊臭逼人"的世俗男子们往来。他蔑视功名，拒走当官为宦的人生之路，反对邀取功名利禄的科举制度，辛辣嘲讽热衷于功名利禄的封建文人，把"读书上进的人"都骂作"禄蠹"，又骂"文死谏""武死战"是"胡闹"，骂那些所谓"代圣贤立言"的荒谬著述是"杜撰"，把劝他讲"仕途经济"的话视为"混账话"。有一次史湘云劝宝玉说："该常会会这些为官做宦的，谈讲谈讲那些仕途经济。"宝玉听了内心反感，说："姑娘请别的屋里坐坐罢，我这里仔细肮脏了你这样知经济的人！"贾宝玉还说："更可笑的是八股文章，拿它诓功名，混饭吃，也罢了。"贾宝玉的所作所为遭到其父贾政的强烈不满，借宝玉所谓"淫逼母婢""结交优伶"之机，针对宝玉一贯"荒疏学业"的表现，将他毒打了一顿，以至要把他当"不肖孽障"拿来"勒死"。当众人相劝时，贾政则说："明日酿到他弑父弑君，你们才不劝不成？"结果宝玉不但没有屈服，反而更坚定了。林黛玉探望宝玉时说："你可都改了罢！"贾宝玉听了，长叹一声，答道："你放心。别说这样的话。我便为这些人死了，也是情愿的。"

　　贾宝玉含玉出生，日常颈上戴玉出行，贾府上下认为那玉就是贾宝玉的命根子。那玉实际就是封建传统的精神枷锁，这对于有逆反意志的宝玉来说，始终摧残着宝玉的身心健康，所谓的"疯痴呆傻"或许是心理伤害所致，或许是消极反抗的表现。根据因玉患病的小情节描述，包括丢玉、和尚送玉到家的大情节描述，我怀疑是贾宝玉自导自演，与和尚、道人演"双簧"，通过出家反对科举制度，觉悟心灵。贾宝玉是很聪明的，他如此地不用功学习功课，却一举考中举人且名列第七名。以遵命赴考为掩护，离开贾府，斩断了尘缘，完成了贾宝玉叛逆到底的结局。

　　贾宝玉是自由婚姻的热烈追求者，他和林黛玉的理念意志是相投的，情投意合。几次要砸碎封建婚姻的象征"通灵宝玉"，痛骂它是"劳什子"，在睡梦中喊出怨恨之声："和尚道士的话如何信得？什么'金玉姻缘'，我偏说是'木石姻缘'！"贾宝玉多次患病，多是因为婚姻问题的心理冲击或打击。林黛玉之死对贾宝玉而言已是"心理死亡"。后来与宝钗结合，贾宝玉与甄宝玉相见后，"今儿见面原想得一知己，岂知谈了半天，竟有些冰炭不投""宝玉本听了甄宝玉的话甚不耐烦，又被宝钗抢白了一场，心中更加不乐，闷闷昏昏，不觉将旧病又勾起来了，并不言语，只是傻笑"。

　　人是情感动物，夫妻间情不投、意不合，如何苟且生活一辈子？对于宝玉来说，此种冲击更加坚定了他出家当和尚的决心，仕途心已死，婚姻心已亡，或许出家是最好的出路。

3. 再现《红楼梦》遐想

大家一起出了宫门,向北面而来。走不多远,转过身来看时,只见向北的也是一座石头牌坊,上面横书四个大字,乃是"真如福地",旁边一副对联上写道:"假去真来真胜假,无原有是有非无。"宝钗看毕,心下狐疑道:"怎么这里的联匾又迥然不同呢?"过了这牌坊,又是一座宫门,上面一匾,横书四个金字,"福善祸淫",也有一副对联,上面写道:"过去未来莫谓智贤能打破,前因后果须知亲近不相逢。"

于是,大家正走进宫门,只见警幻仙姑与黛玉早迎了出来,让至殿上。大家坐下,仙女献上茶来。宝钗道:"久仰仙姑大名,无缘拜识。今者幸晤林妹妹,特来晋谒的。"警幻仙姑道:"有失迎候,方深抱歉,更蒙奖顾,愈切惭惶了。"正说着,只见宝玉进来了,对着宝钗作了一个揖,道:"宝姐姐,别来无恙?头里我有一把扇子送你,说是'记取四十年多福满,好来聚首在蓉城',这会子恰才一半,还有二十年洪福。待等享尽之时,你那时候才能归到此处呢。这会子总还不该相见的,故此仙姑们都不来迎接。你看见外面的联匾,就明白了。"

宝钗道:"古人说过的,'鸡猪鱼蒜,遇着便吃;生老病死,时至则行'。这会子,我既不该到这里,我也必不能到此处。明儿我既该到这里了,我也不能不到此处的。'万事无过数与命'我已是听之而已的了。即如三妹妹、史大妹妹、琴妹妹、邢妹妹,她们将来可还到这里来不来呢?"宝玉道:"怎么不来呢?宝姐姐,你是个聪明绝顶的人,少刻有些册子,你细细一看,就明白了。是凡册子上有名的人，都是要到这儿来的。宝姐姐，你直待二十年之后到这里的时候，她们就打总儿都来齐了。小蓉大奶奶头一个先来的，故此她是第一情人。这里有名的人是从小蓉大奶奶起头儿，等大伙儿都来齐了，是宝姐姐你一个人收尾就是了。"

当下黛玉又请到绛珠宫里去逛逛。宝钗、黛玉、凤姐、宝玉等又出了警幻宫门，往西边绛珠宫来。这里仍是凤姐在前，宝钗在中，晴雯在最后，一路凌云踏雾。不一时，已到了荣国府大观园怡红院上屋之内，凤姐与晴雯把宝钗一推，道："二十年之后再来迎请吧。我们是回去了。"宝钗猛然一惊，醒来却是一梦。看着天亮，也就不睡了。薛宛蓉早上来了，宝钗便把梦中之事细细告诉了她。宛蓉道："这太虚幻境原来竟是有的。我看那《红楼梦》的书，一百二十回说的都是二十年前的事，但他只说是太虚幻境内有警幻仙姑，却怎么又没有芙蓉城的话呢？究竟那一百二十回的事，不知可全然不错？这是什么人做的？怎么单说咱们荣国府的故事呢？"宝钗道："那《红楼梦》的书一百二十回，是曹竹磵先生的公子曹雪芹做的。那一百二十回书里的事，丝毫不错。他只做到一百二十回书便止了，故此总说的是二十年前的事。你们这些人在后的，怎么能说到呢？所以芙蓉城就是太虚幻境的话，《红楼梦》书里也尚未曾说着了呢。听见说，现在又有人做出《后红楼梦》的书来，其中支离荒诞，与曹雪芹先生的书竟有天渊之隔了。"

甄士隐道："我等昔与雪芹共谈之时，深知其并无续本，但他此书以我们二人起，复以我们二人结。不知那雪芹之书所谓'意淫'的道理，不但不能参悟，且大相背谬，此正'夏虫不可以语冰'也。"

雨村道："汤若士《还魂记》，理之所必无，安知非情之所固有？此寓言之旨，其所谓'柳盗跖打地洞向鸳鸯冢'者，实指云阳子之事，而设此假借之词耳。后续两梦尚居门外，重复两梦，更不足与言矣。且《红楼梦》中蒋玉函解茜香罗之送宝玉，为优伶有福，公子无缘之关键。而《续红楼梦》乃有黑夜投缥壁、返香罗之事，《红楼复梦》又有守节自刎之文，《后红楼梦》则群加讥贬，更同嚼蜡。是不特《石头记》之为《情僧录》，何可移动？则宝玉无为冯妇之理，而袭人又何用破镜之重圆乎？"士隐道："鱼目何能混珠？珷玞不可当玉。我们且到芙蓉城把四部书与宝玉看看去，谅他不是攒眉，必当捧腹呢。"

再说那空空道人，当日把青埂峰下补天未用之石翻转过来，将那石头底下的字迹从头至尾细细看完，不禁手舞足蹈地笑道："这才是奇而不奇、俗而不俗、真而不真、假而不假《石头记》的原来续本呢。其实，他于《石头记》妙文尚未能梦见万一。我今儿于观回东施之后，复睹一丽人，其快如何！唯有将此妙文，权当韩山一片石耳。"因取出笔砚，忙忙从头至尾抄录一番。复想曹雪芹已死七八年，只好另觅一个无事小神仙的人，请他点缀传世去吧。正是：

　　满纸荒唐言，略少辛酸泪。
　　休言作者痴，颇解其中意。

附录一：为红楼梦中人重新切脉
——赵世坚[①]

1. 沈大夫眼里的红楼

一百二十回《红楼梦》，招过二百五十种以上眼光，至今那些说法已是陈词滥调。忽见本书，独出蹊径，其视角专在红楼里的病人与方药。沈家祥何许人？没听说是吃红楼饭的，只知他是从医五十多年的老大夫，擅治心脑脾胃，亦通妇儿科，农工党的人，且多为工农服务，在民间颇有口碑。敢情是红树发新枝了？

曹雪芹就是个大杂家，鲁迅也是，红学家没有是单科的。沈大夫当过工人，下过农村，又学中医四年，本科西医毕业再返中医，还干过民政和记者，社会经历丰杂而不丢其循天理究医药的本项。而其爱红释红于医药，此为红学之弱项，其以己之长补之。可想，穿白大褂的，又是读红楼的，真是红白两道呀，跨行出新。

《红楼梦》是个庞大的社会，沈大夫以医者角度，透过锦绣看到了病态，因为药方探出了玄机，才在大局上理解了曹雪芹的用心，也无奈于续作的局限。读沈大夫此著，我觉他的影子总是跟在这太医那太医的身后。另外，读此书时，总是病人、女病人死，读一会儿我就得去晒晒太阳。我

[①] 赵世坚（1955— ），笔名阿坚，当代诗人。生于北京，祖籍崂山，五年工人，四年大学，曾任中学教师。1983年退职，后专事旅行和写作。著有《南方的三省交界处》《踏遍北京野长城》《美人册》《肥心瘦骨》《流浪新疆》《正在上道》《向音乐掷去》《中国人的吃》《暴走南中国》等十余部作品。

想沈大夫著此书，慈悲在身，正道在身，欲假红楼而传杏园精神。气正邪难入，阴来阳自衡。

若说红楼是个病房大楼，只见沈大夫上楼又下楼，下楼再上楼。不是来不及为穷"千里目"，而是他想更多地临床"察品类之盛"。

2. 观女性世界

曹雪芹对女性之着力，除因自然属性、少时经历，估也晓得把女人写好了顺便就写出了男人甚至那片社会。知沈大夫也诊过妇科干过产科，对女性的怜护也步曹雪芹之后尘，故此著一半多是从女儿国出产的。

全书共四十七章，除几章写宝玉，一章写薛蟠，剩下的皆是因方析女抑或以女释药。比如火热的宝钗就得吃冷香丸；肝火旺的秦可卿须服益气养荣补脾和肝汤；阴亏的凤姐离不开乌鸡白凤丸；走火入魔的妙玉得吃交泰丸等。

曹雪芹的叙述以及沈大夫的解方，实是让读者看到了斯人与斯药的交运——病即其性命之反映，药即其性命之支撑。于是我们可以推演她们与身边男性和社会整体的关系。沈大夫以职业所长，对《红楼梦》中的每一个方子都有中规中矩的解释以及补正，甚至对半虚的冷香丸也有合乎药理的分析与落方。

再看秦可卿与尤二姐，二者并非死于庸医，而是死于阴谋。沈大夫以其行医经验，洞察秋毫，切中利弊，对切脉寸、关、尺，浮中重三扣九脉的诊要正中精髓，对大黄蟅虫堕胎的强效谙熟于心，将秦、尤之死归结于人吃人、社会吃人的黑暗丑恶，而贾珍、贾琏之流，也是吃人链条上的一环代表。

3. 常有己见

当然，《红楼梦》的作者虽懂医，但《红楼梦》终归是一部小说。小说有自己的规律或运行轨道。而沈大夫是一位实实在在的医疗实践者，他既将红楼中的医疗与药方绳之以现实医道，又站在小说的角度替作者们打圆场——人物一进入小说，其人生的运行就不能全凭着五运六气，而要看作者的实力与虚构的个性了。估沈大夫红中之方，始蹙眉而终莞尔了。

沈通中西医，将宝玉摸紫鹃遭奚落甚至威胁而患的痰迷心窍，解成现代医学的心因性精神病。沈也治愈过此病，用的也是礞石滚痰丸。沈对香菱的干血症，以中医的干血痨解成虚火久蒸，干血内结，须服以大黄䗪虫丸或当归补血汤甚至河车大造丸了，不过苦命的香菱纵然因药补亏，还是受蹂躏的一生。

花袭人偶感风寒而服汤药疏散，沈大夫以《伤寒论》判定的方剂为麻黄汤——其性温辛散入肺经以散寒邪畅肺气。史湘云春天犯杏癍癣，搽蔷薇硝，沈大夫认为是慢性皮肤过敏病，归类于糠疹，一般可自愈，不是真菌、霉菌造成的皮肤病。而蔷薇硝，是由牵牛子和银硝组成，后者辛、苦、咸、寒。

沈著中例子遍布，读之可晓病与医的今古对位，可解人与药的辩证关系。而沈大夫之大关爱、大怜悯于医笔中也常露端倪，令人感叹沈对曹的曲笔、暗喻之会心。沈大夫身经百"病"，手切万脉，我猜他在读红楼时，有时像侦探，有时像医督，有时像哲学家。

4. 通今或更远

中医似在半衰期，而西医也在一点一点地接纳中医的成果，如青蒿素。沈大夫此著，借的是《红楼梦》之力，打的是今日之拳，其析方解药，大多是为当下的人。比如搞文艺的才女们，多喝燕窝冰糖银耳羹没错。而女强人、大姐大们，须以王熙凤为鉴，除了悄补乌鸡白凤丸，也须忌贪消妒。至宝锭是溺子的家长应备的，但真正的未药（未病先防）是十字箴言——"要想小儿安，三分饥与寒。"当然现在肺结核不那么凶险了，像黛玉、晴雯白肺吐血那样凋落不太可能了。

防治感冒，晴雯等是喝过荆芥防风解表汤的。总之，方子对症，这只是其一，其二就要联系日常行为及三观了——沈著中颇有佛道释儒与恙愈之旁说，扯得略远却也有焦点。

不过，现代人读红楼的少，懂中医的读者更少。沈大夫研红楼之方，阐国医之精，喻旨天人关系、人神之通，明白人当然不会被满目芳菲迷了眼。

5. 释古出新意

《山海经》是地理书吗？它重在讲祭祀，讲人与神。荷马史诗是讲战争与长征么？它重在讲神话与英雄的关系。

鲁迅的《小说新编》表面是讲中国小说史，实际上多半部与神异有关。

王朔的《起初·竹书》讲了信史前的故事型神话——老子陪穆天子巡狩西方。

从沈家祥此书稿中，我读出了他与高境界思想接近的言行思悟。积跬步虽难达万里，却出离了窠臼而望远大前程。

五十年，半个百，觉悟人生不算晚。沈比我大五岁，确实是先生，我一不懂红，二不懂医，我拿沈著当小教材，把《红楼梦》当大教材，再用六十年听来走来教训来的经验做大教室。

特别感谢旅行探险家罗艺[①]，他不是读书人，他是读大海大山大漠的。他介绍我认识沈先生，还打印出厚厚的书稿，费了多少啤酒钱。

阿坚
2023 年 4 月 25 日于古城

[①] 罗艺，当代旅游探险家（1960— ），世上少有的海沙山践行者。畅游琼州海峡等海峡，徒步穿行塔克拉玛干等大沙漠、攀登珠朗玛峰顶峰等山峰。热爱传统文化，为人豪爽仗义、开过书店，是沈家祥二十多年的挚友。

附录二：曹雪芹与高鹗生平简介

在中国文学史上，公认的最伟大的而又最复杂的作品是《红楼梦》，但其真正的作者是谁，众说纷纭，大多数人认可前八十回是曹雪芹所著。然而曹雪芹的祖籍、生卒年，甚至连生父是谁，大家有不同的看法。

曹雪芹的祖籍有两种说法，但基本可以认定他的远祖是汉人，其确切的远祖无考。一说是在明朝末年，有位叫曹世选的，祖籍是河北丰润，被多尔衮俘虏后做了家奴，就入了满洲旗籍，成了皇家的"包衣"（满洲奴仆的称号），后迁至辽东铁岭；另一种说法祖籍是辽阳，后迁至沈阳。也有说汉人曹世选的后代曹振彦原是明代驻守辽东的下级军官，大约在天命六年（1621年）后金攻下辽阳时归附努尔哈赤，以后随清兵入关。曹振彦归附后金后先是属佟养性管辖，后归入多尔衮属下的正白旗，当了佐领。曹振彦作战英勇立功，被先后封为山西平阳府吉州知州、阳和府知府、浙江盐法道等官职。曹家的发达，是从曹振彦开始的。

此后，曹振彦的儿子名曹玺，其妻孙氏曾当康熙的保母，而曹玺与孙氏的儿子曹寅自小就和玄烨一块读书，关系密切。康熙二年至二十三年（1663—1684年），曹玺任江宁织造之职二十余年。曹玺病故后，康熙旋即任命其子曹寅任苏州织造，又继任江宁织造、两淮巡盐御史等要职，深得康熙赏识。康熙"南巡"时，曹寅曾经四次主持接驾大典。康熙五十一年（1712年），曹寅病故后，其子曹颙继任江宁织造。

康熙五十四年（1715年），因曹颙病故，康熙特命曹寅的胞弟曹荃之子曹頫，过继给曹寅，继任织造之职，直至雍正五年（1727年）十二月二十四日，曹家被抄家败落。曹家在富庶的江南发迹，祖孙三代先后历经六十余年。

对曹雪芹父亲的身世有两种看法：一种认为曹雪芹是曹颙的遗腹子，另一种看法则认为曹雪芹是曹頫之子。曹雪芹是在南京大行宫利济巷织造署内出生的。直到雍正六年（1728年）曹家被抄没后，才举家搬迁到北京。曹家回北京后，文献少有记载。曹頫曾经在给康熙的奏折中讲道："惟京中住房二所，外城鲜鱼口空房一所；通州典地六百亩，张家湾当铺一所，本银七千两。"到京后，曹雪芹住在何处，青年时期是如何度过的，文献记载少见，不能确指。但曹雪芹在右翼宗学结识的挚友敦诚、敦敏透露曹雪芹的巨著《红楼梦》是在西郊香山脚下的山村里写成的。

曹雪芹的生卒年问题争议已久。其生年有两种说法：一种认为他生于康熙五十四年乙未（1715年），另一种认为是雍正二年甲辰（1724年）。其卒年有三种说法：一种是卒于乾隆二十七年壬午除夕（1763年），一种是卒于乾隆二十八年癸未除夕（1764年），一种是卒于乾隆二十九年甲申岁首（1764年初春）。

1736年乾隆即位，曹頫复官任内务府员外郎，并追封曹振彦为资政大夫，曹寅为护军参领兼佐领加一级。曹家又有了一个中兴的局面。不过这次中兴也未维持很久，曹家很快就面临了第二次抄家。

乾隆十年（1745年）曹雪芹以贡生的资格，一度在北京右翼宗学担任职务（相当于助教之类），其间敦敏、敦诚在那里读书，和曹雪芹相识并且成为好朋友。

曹家为什么后来从中兴的局面又遭到如此的巨大变故？曹頫的下落如何？一无所知。有一种说法，是因为皇室内部政治冲突，致使曹家第二次被抄查，从此彻底衰落，一蹶不振。曹雪芹悲歌燕市，以卖画为生。几年后，曹雪芹在京城内也站不住脚了，传说起初他住在香山正白旗的四王府和峒峪村一带，后来迁到香山脚下镶黄旗营的北上坡。乾隆二十三年（1758年）在白家疃自盖茅屋四间，迁入新居。开始整理自1736年破产倾家后，在贫困中创作的《红楼梦》书稿，一直到临终，历时近三十年。

乾隆二十四年（1759年）秋，曹雪芹应两江总督尹继善的邀请，到南京做他的幕宾。尹继善虽然是大官僚，但也是个文人，且和曹家有通家之谊，曹雪芹不好推辞，又因为曹雪芹生于南京，幼年离去，难免怀念，也想故地重游。但是这种师爷的生活，究竟与曹雪芹性格不合。1760年秋，他待了一年就又辞职回到北京了，过着贫困且自由的生活。

乾隆二十八年（1763年）中秋节，曹雪芹的幼子因急病夭折。曹雪芹穷困潦倒，贫病交加，加之悲伤于丧子之痛，几个月后，于除夕那天去世（1764年2月1日），享年四十岁。[①]曹雪芹父子都葬于白家疃。次年春初，好友敦诚扫墓有诗挽之曰："孤儿渺漠魂应逐，新妇飘零目岂暝。"曹雪芹先丧子，后英年早逝，身后十分萧条，留下一位新婚不久的妻子和几束残稿，连埋葬费用都没有，还是生前几位好友给予赞助，草草殡葬入土了事。

曹雪芹多才多艺，小说诗文、工艺美术、中医药等无所不通。据说《红楼梦》前八十回，早在他去世前十年左右就已经传抄问世了；书的后半部分据一些专家考证，普遍认为也已经基本完成，只是由于某种原因未能传抄于世，后来终于遗失。那时没有版权意识，且曹雪芹还写有大量诗文未曾编集成册，大都已经散失。《红楼梦》中所有人物所作的诗词歌赋，均是出自曹雪芹之手，从中可窥视曹雪芹诗文的水准。曹雪芹流传的工艺美术作品有《废艺斋集稿》，共八种八册：第一册讲印章，第二册讲扎风筝，

[①] 此为癸未说，以敦敏的《懋斋诗钞》为依据。

第三册讲编织工艺，第四册讲脱胎工艺，第五册讲织补，第六册讲印染，第七册讲雕刻竹器和扇骨，第八册讲烹调。其中部分工艺有益于残疾人操作习练，称为"废艺"，足可以见曹雪芹扶贫济残的诚善博大胸怀。

有一种说法是高鹗续写了《红楼梦》后四十回[①]，高鹗的生卒年无考。但可以肯定的是，高鹗和曹雪芹并不直接相识，并且有可能是曹雪芹逝世后，高鹗才出生。高鹗，字兰墅，汉军镶黄旗内务府人，世居铁岭。

高鹗为乾隆五十三年（1788年）顺天乡试举人，乾隆六十年（1795年）第三甲九十名进士。历官内阁侍读，嘉庆六年（1801年）为顺天乡试同考官。嘉庆十四年（1809年）由侍读选江南道御史。嘉庆十八年（1813年）升刑科给事中。著有《兰墅文存》《兰墅诗钞》《砚香词》等。高鹗是当时诗人张问陶的妹夫，张问陶曾有《赠高兰墅鹗同年》诗，自注云："《红楼梦》八十回以后，俱兰墅所补。"由此专家猜测高鹗补写《红楼梦》，应当在乾隆五十三年至五十六年（1788—1791年）之间。张问陶在诗中称赞高鹗"侠气君能空紫塞，艳情人自说《红楼》"。因高鹗酷爱《红楼梦》，所以曾自号为"红楼外史"。

由于有高鹗或者说无名氏的续补，《红楼梦》以完整的面貌流传于世，这也是此人的功绩。尤其是在完成《红楼梦》的悲剧方面，此人功绩突出。但在续写的很多方面，没有完全继承曹雪芹的原创思想内涵，从思想、艺术、文学造诣等方面，比曹雪芹原著差得很多了。然而面虽然黑些，但是有面吃，总比没有面吃好多了。

[①] "高鹗续作"一说已经被红学界许多人推翻，人民文学出版社2008年出版新校本第三次修订本时，已将作者修改为"曹雪芹著、无名氏续"。因此高鹗的生平简介，读者简单了解即可。——编者注

附录三：药膳与中医药名录[①]

（一）药膳名录

1. 糕点名录

（1）菱粉糕 / 035

（2）鸡油卷 / 046

（3）枣泥山药糕 / 037

（4）糖蒸酥酪 / 038

（5）桂花糖蒸新栗粉糕 / 039

（6）洁粉梅片雪花洋糖 / 041

（7）宫廷八珍糕 / 042

（8）吉祥果 / 062

（9）如意糕 / 063

（10）茯苓霜 / 083

（11）燕窝冰糖粥 / 049

（12）玫瑰酱 / 032

2. 饮料汤类名录

（1）酸梅汤 / 031

（2）木樨清露 / 032

（3）玫瑰清露 / 032

（4）莲叶羹 / 034

（5）合欢汤 / 062

（6）疗妒汤 / 126

（7）桂圆汤 / 161

3. 茶名录

（1）普洱茶 / 090

（2）女儿茶 / 090

（3）枫露茶 / 092

（4）六安茶 / 094

（5）老君眉茶 / 094

4. 酒名录

（1）米酒 / 038

（2）清宫酒 / 089

（3）香身琼浆酒 / 089

（4）宫廷瓮头春酒 / 089

（5）屠苏酒 / 062

（6）醒酒石 / 086

[①] 本书整理出一个名录，每个名词后面的数字即页码，读者可以通过名录中的名词直接找到对应页面进行查阅。

（7）黄酒 / 029

（8）沈家祥解酒方 / 089

（二）中医药名录

1. 中药名录

（1）僵蚕 / 017

（2）燕窝 / 050

（3）冰糖 / 050

（4）玫瑰花 / 031

（5）蔷薇 / 068

（6）月季 / 068

（7）宝相 / 068

（8）金银藤 / 069

（9）芒硝 / 080

（10）茯苓 / 083

（11）寒水石 / 088

（12）茶 / 091

（13）人参 / 118

（14）牛黄 / 136

（15）珍珠 / 020

（16）冰片 / 040

（17）朱砂 / 136

（18）猪牙皂 / 146

（19）鹅不食草 / 146

（20）细辛 / 146

（21）桂圆 / 161

（22）玉屑 / 190

（23）牵牛子 / 080

（24）孕妇忌、慎用药三大类名录 / 107

2. 中药方剂名录

二画

（1）十灰散 / 155

（2）十全大补汤 / 010

（3）十香返魂丹 / 142

（4）二陈汤 / 148

（5）七厘散 / 052

（6）八味顺气散 / 168

（7）八珍益母丸 / 021

（8）人参养荣丸 / 001

（9）人参归脾丸 / 066

（10）人参当归汤 / 114

（11）人参败毒散 / 057

三画

（12）三才汤 / 104

（13）大活络丹 / 048

（14）大黄䗪虫丸 / 106

（15）大黄甘草汤 / 164

（16）大柴胡汤 / 165

（17）大补元煎 / 168

（18）小活络丹 / 048

（19）小柴胡汤 / 056

（20）山羊血黎洞丸 / 029

四画

（21）五苓散 / 099

（22）五痹汤 / 176

（23）天王补心丹 / 023

（24）开窍通神散 / 073

（25）木香散 / 177

（26）化斑汤 / 017

（27）化积散 / 046

（28）月华丸 / 122

（29）六味回阳饮 / 168

五画

（30）玉屏风散 / 050

（31）左归丸 / 021

（32）左金丸 / 134

（33）右归丸 / 022

（34）四君子汤 / 010

（35）四物汤 / 010

（36）四神汤 / 136

（37）四磨饮 / 168

（38）四逆散 / 168

（39）乌鸡白凤丸 / 065

（40）白虎汤 / 103

（41）生脉散 / 103

（42）仙方活命饮 / 144

（43）失笑散 / 111

（44）归脾汤 / 111

（45）半夏泻心汤 / 104

（46）加味逍遥散 / 111

（47）加味五痹汤 / 178

六画

（48）至宝锭 / 046

（49）至宝丹 / 143

（50）百合固金汤 / 155

（51）西黄丸 / 144

（52）芎归胶艾汤 / 117

（53）当归补血汤 / 113

（54）交泰丸 / 011

（55）安宫牛黄丸 / 144

（56）导痰汤 / 145

（57）导赤各半汤 / 179

（58）妇科养荣丸 / 117

七画

（59）麦味地黄丸 / 023

（60）冷香丸 / 003

（61）启心救胃汤 / 150

（62）来复丹 / 104

（63）苏心汤 / 150

（64）苏合香丸 / 167

（65）赤茯苓汤 / 178

八画

（66）河车再造丸 / 020

（67）泻心导赤汤 / 178

（68）转呆丹 / 150

（69）肤痔清 / 081

（70）金匮肾气丸 / 011

九画

（71）活络丹 / 047

（72）祛邪守灵丹 / 072

（73）茵陈蒿汤 / 046

（74）荆防解表汤 / 099

（75）荆芥防风汤 / 065

（76）指迷汤 / 150

（77）柏子养心丹 / 151

（78）咳血方 / 155

（79）顺气安神丸 / 168

（80）香薷饮 / 025

（81）香薷散 / 026

（82）独参汤 / 168

（83）保真汤 / 122

十画

（84）益气养荣补脾和肝汤 / 009

（85）益母草膏 / 065

（86）离照汤 / 177

（87）凉膈散 / 177

（88）桂枝汤 / 014

（89）桃仁承气汤 / 099

（90）桃红四物汤 / 111

（91）桔梗汤 / 177

（92）秦艽鳖甲散 / 122

（93）逍遥丸 / 168

（94）桑菊饮 / 017

（95）通关散 / 146

（96）桂圆汤和梨汁 / 161

十一画

（97）麻黄汤 / 014

（98）清宫汤 / 103

（99）清络饮 / 104

（100）梅花点舌丹 / 047

（101）黄连解毒汤 / 111

十二画

（102）跌打丸 / 029

（103）椒梅汤 / 104

（104）紫金锭 / 047

（105）黑逍遥散 / 131

（106）舒肝丸 / 168

（107）越鞠丸 / 101

（108）惊风散 / 136

十三画

（109）新加香薷饮 / 103

（110）催生汤 / 048

（111）催生保命丹 / 048

十四画

（112）蔷薇硝 / 080

十六画以上

（113）礞石滚痰丸 / 072

（114）藿香正气汤 / 101